Virginie Bloch-Lainé

Profils perdus

Stock

Photographie de bande : archives personnelles de l'auteure

ISBN 978-2-234-09245-7

À Raphaël, mon fils

« Ce n'est pas que je n'avais pas compris combien entre lui et moi le lien était complexe et profond : ce que jamais je n'avais soupçonné, c'était à quel point, parfois, profond pouvait être profond. »

Philip Roth, *Patrimoine*

Ton père ne critiquait jamais personne. Il trouvait plutôt des excuses aux gens. Maryvonne égrène les qualités de Jean-Michel, mon père, décédé il y a six ans. Ils étaient amis. Elle et moi sommes installées à la terrasse d'un café situé en face de la boutique de farces et attrapes où il se fournissait. Jean-Michel n'était pas magicien mais inspecteur des Finances, entré et sorti deuxième de l'ENA au début des années 1960, fils et petit-fils d'inspecteurs des Finances. Mort après une décennie de cancers divers, il était attentif aux autres et mettait un point d'honneur à survoler leurs défauts, même les gros. Il visait plus haut, plus grave, il était branché sur l'essentiel : la mort, pas moins. Il éprouvait de l'empathie pour la détresse des *gens* et pour les malheurs de toutes les origines : amour, maladie, perte d'un enfant, pauvreté, grande laideur, handicap, solitude. D'un mouvement de la tête, il envoyait balader les erreurs et les fautes de ses contemporains ; elles ne pesaient pas lourd face aux coups du sort. Son crâne nu partait sur le côté puis bougeait de bas en haut, tandis que ses belles et larges épaules se baladaient à droite, à gauche, chorégraphie qui évoquait l'allure d'un cheval. Ce qu'il mettait en valeur chez chacun, c'était le tragique de la condition humaine, la difficulté de vivre, la douleur, l'injustice. En dehors de ces souffrances, peu de choses avaient de sens pour lui. Dans la façon ridicule dont quelqu'un était accoutré, dans la prétention ou la timidité d'un individu, dans ses complexes, Jean-Michel repérait les coupables : le destin, et l'inconvénient d'être né. Il était la bonté même. Mais ses principes étaient à géométrie variable : aux grands colériques, aux hommes (pas aux femmes) imbus d'eux-mêmes et se déplaçant le ventre en avant, aux politiciens qui menaient une vie facile en parlant misère, Jean-Michel ne trouvait pas d'excuses. Je ne l'ai jamais vu pleurer. Il écumait de colère, il valsait avec le chagrin.

Jean-Michel : ce seul prénom m'évoque un attelage de chaleur, de réconfort, de délicatesse et de catastrophes par lui voulues et déclenchées. Il était l'être le plus rassurant et le plus inquiétant qui soit, puissance comique et tristesse ambulantes, gentillesse, éthique attachée à son sourire comme un tuteur à un roseau. Modestie et charisme, élan communicatif et fertile mais aussi rage stérile et effarante car barricadée, inatteignable. Il ne lâchait pas la morale d'un millimètre, qualité à double tranchant puisqu'il faisait la morale. Jean-Michel ? complications et réjouissances en cascade, générosité, fantaisie. Nous avons découvert à sa mort que, sur sa fiche d'état civil, son prénom était simplement *Jean*. *Michel* venait ensuite. Qui a ajouté le tiret ? Quoi qu'il en soit, *Jean* m'a paru trop simple, trop épuré pour quelqu'un comme lui. Je pense souvent au tas de cadeaux incongrus qu'il m'a offerts : outre des bouquets de fleurs toujours ravissants et quantité de livres bien choisis, j'ai reçu des boussoles, des jumelles, des cartes postales représentant des lutteurs de force basque. Le principe est le suivant : un homme bien nourri se tient à chaque extrémité de la corde, le gagnant est celui qui tire si fort que l'autre tombe à terre. La mère de mon père s'appelait Anne-Marie D'Abbadie d'Arrast, elle était basque, et mon père se sentait plus basque qu'un pur Basque. De Murano, Jean-Michel m'a rapporté des familles d'éléphants, de cochons et de chats en verre soufflé. Chaque famille formait une ribambelle. Un animal s'attachait à un autre par la queue.

L'idée était de les ranger du plus grand au plus petit : Monsieur et Madame cochon étaient suivis de leurs porcinets. D'autres combinaisons étaient possibles, le chat pouvait se rattacher à l'éléphant ou au singe. De Saint-Jean-de-Luz, où se trouve une maison héritée de sa famille maternelle, Jean-Michel me rapportait des mouchous, les macarons basques. Il les achetait chez Adam, le meilleur confiseur de la ville. Mouchou en basque signifie *bisou*, mon père n'oubliait jamais de le préciser, avec l'accent, qu'il adoptait pour l'occasion. Lui qui se nourrissait si peu, il me nourrissait. Quand je vivais avec le futur père de mon fils, il apportait pour lui des mets costauds, du magret de canard ou des terrines auxquels lui-même n'aurait pas touché, moi encore moins. Pendant quarante ans j'ai vu mon père arriver chez moi puis chez nous avec un sac en plastique dans lequel se trouvaient *Le Monde* du jour, un livre de Hannah Arendt, un ananas, un sifflet, une loupe, et d'autres présents qu'il sortait un à un en souriant, à la manière dont Mary Poppins extrait de sa besace des surprises hétéroclites. À mon fils, Raphaël, il a offert des livres, une cible et des fléchettes, un sac à dos mille poches pour partir en expédition et se préparer à la guerre, encore la guerre et le danger, toujours dans l'air selon Jean-Michel. Né en 1936, il avait été appelé à se battre en Algérie. Autres cadeaux pour Raphaël : des règles en métal sur lesquelles sont imprimés des messages et des dessins insolents : *J'adore l'école*, slogan suivi de la tête d'un enfant prêt à vomir ; *On n'est jamais mieux servi que par sa mère* ; *Dehors le stress !* ou encore *Je suis assis à côté d'un nul* avec une flèche qui indique le voisin. Elles sont exposées dans notre bibliothèque. Mon père riait aux larmes en nous les sortant du sac en plastique, larmes de joie et de tristesse mêlées parce qu'il ne perdait pas de vue la finitude et pensait aux événements dramatiques qui, selon lui, ne manquent pas de ponctuer une existence. Il était saturé d'émotions et ne demandait qu'à partager son fardeau. Il chargeait la barque. Quand il repartait, je m'en voulais de ne pas avoir été à la hauteur de son adoration mais trop, c'était trop d'amour que je recevais.

Il était le roi des tours de magie. Sa spécialité consistait à faire entrer une cigarette par une oreille puis sortir par l'autre, ou à la faire entrer par une narine et sortir par la bouche. L'air concentré qu'il prenait pour accomplir ces numéros relevait du meilleur comique, du plus intelligent pied de nez au sérieux. Il était bon comédien, ses traits ayant été assouplis par une pratique intense de la boxe ; le cartilage de son grand nez était cassé, il pouvait le bouger dans tous les sens. Il ressemblait à Michel Piccoli, à Jean-Louis Trintignant et à André Pousse. Cet acteur chauve qui cultivait son accent parisien a commencé par être cycliste professionnel, un métier qui fascinait mon père, lui-même cycliste amateur. En 1949 André Pousse devait accompagner Marcel Cerdan à New York dans l'avion qui s'est écrasé et dont aucun passager n'a survécu. Parce qu'il lui manquait un papier d'identité, Pousse n'a pas pu embarquer. Il a sauvé sa peau. Au cinéma il incarnait les seconds rôles, mais sa voix rocailleuse et ses airs inquiétants lui donnaient l'aura d'un premier rôle. Lorsque j'étais petite, dès qu'André Pousse apparaissait sur le plateau d'une émission de télévision, mon père m'appelait pour qu'on le voie et rie ensemble.

De tous les êtres que j'ai rencontrés, Jean-Michel était le plus drôle, le plus rayonnant et néanmoins le plus discret. Des défauts, il en avait, ils arrivent. Il se montrait séducteur avec nous, ses quatre filles, sans être cabot. Joyeux, il faisait tout à coup volte-face et n'était plus alors qu'un caillou de colère. Ces métamorphoses sont devenues de plus en plus fréquentes vers sa cinquantième année. Des quatre filles, je suis la cadette. Lorsque ceux auxquels il nous présentait lui donnaient du *Félicitations, docteur March*, il s'illuminait, ému, jamais lassé par cette réplique en plusieurs décennies de paternité. L'une de mes sœurs pense que si nous échouons plutôt, nous, les filles de Jean-Michel, à construire des vies sentimentales qui tiennent la route, si nous faisons difficilement équipe en amour, c'est parce que notre père fut un modèle inégalable en bien. D'après elle il était l'homme idéal et nous espérons trop des autres, tellement mon père donnait de sa personne. C'est une estimation amusante mais erronée. Le constat qui la précède en revanche est juste : nos amours ne sont pas brillantes. Mes sœurs ont composé un gynécée avec leurs filles et leur mère. Leur mère n'est pas la mienne et nous n'avons rien construit de tel, elle et moi. Des quatre filles, je suis la seule à avoir un fils et un frère, le fils du second mari de ma mère. Chez nous tout le monde divorce et l'entourage est soit très masculin, soit très féminin. Mon père avait trois frères et pas de sœur. Dans *Nuits sans sommeil*, l'écrivaine américaine Elizabeth Hardwick note ceci : « Je n'ai jamais cessé, tout au long de ma vie, de rechercher l'aide d'un homme. » Pas moi. Je préfère me débrouiller mal mais seule. Je suis nulle en hommes, même si je les aime.

Pour un quotidien national, depuis dix ans, j'écris des portraits. La rubrique est dirigée par un homme que j'apprécie, un Breton rieur et franc de la baie de Morlaix qui fut paraît-il bon navigateur. Il me remet souvent en mémoire un adage de son cru et dont il est fier : *N'oublie jamais que le portrait est le lieu du désir, de l'amour ou de la haine*. Grâce à ce chef, parce qu'il est jovial et valorise ceux qui écrivent, les articles laissent apparaître la subjectivité du journaliste, porté par la confiance. Ce chef encourageant écrit volontiers sur de jeunes et jolies femmes, ou sur des figures masculines connues, contestées ou détestées. Il met un point d'honneur à les réhabiliter. Dans mes articles, je m'éloigne ou je m'approche de mon père. À partir de ceux que je rencontre, il y a un portrait que je fais, défais et refais sans cesse, c'est celui de Jean-Michel, l'étalon de mon jugement. Nous nous sommes adorés puis perdus de vue. J'avais huit ans, il se mariait pour la troisième fois et ma mère, la même année, pour la seconde fois. Ces cérémonies ont eu lieu en l'absence de leurs enfants.

Je dois mon inclination pour les portraits au remarquable peintre qu'était Jean-Michel. Il décrivait après coup tous ceux que nous venions de croiser. Nous faisions quelques mètres et il se mettait au travail, il démarrait. Il regardait les êtres et les enluminait, il les faisait entrer dans sa galerie. Jean-Michel tenait un catalogue des mille et une façons de vivre et de supporter l'existence. À travers ses portraits il était écrivain. Il rappelait que chaque défaillance trouve sa source dans un malheur, un accident. Si je l'informais d'un rendez-vous professionnel enfin obtenu avec un potentiel employeur, il remettait les pendules à l'heure : « Cet homme sera peut-être odieux avec toi quand tu le verras. Ne lui en veux pas, ne t'énerve pas. Il aura peut-être appris le matin même que sa femme le quitte ou que son enfant souffre d'une leucémie. » Engagé corps et âme, il entamait sa description par un mouvement des mains, des battoirs aux ongles coupés trop court, comme ceux des médecins. Il traçait un contour. Avec précision et laconisme à la fois, il dessinait une allure, un visage, et plus largement une attitude. Il souriait, bougeait pour imiter l'allure de l'inconnu. Il esquissait un persifleur, une snob, un bon commerçant, un restaurateur gourmand, un sage enquiquinant et terne, un être délicieux de douceur.

Jean-Michel avait faussement la phobie de la vie intérieure, j'en suis devenue une lectrice à ma façon, une lectrice imparfaite, ma vie amoureuse en atteste. La discrétion de mon père, sa virtuosité intellectuelle, sa mauvaise foi se baladent toujours dans un coin de ma tête. J'évalue chez les autres, en fonction de ce qu'ils étaient chez mon père, l'humour, l'allure, le potentiel de séduction, la part de féminin dans le masculin, la concordance entre les orientations politiques affichées et les pratiques privées. Je compare les habitudes alimentaires, la précision du vocabulaire, le comportement d'un adulte avec un nourrisson. Mon père portait un bébé aussi habilement que devait le faire le psychanalyste Donald Winnicott. Je mesure la liberté de mes interlocuteurs en souvenir de la liberté variable qu'il s'octroyait. Pris dans une toile d'héritages, il s'en échappait le temps d'un éclair puis retournait s'y enfermer.

Mélancolique et vif, il inventait des histoires du soir et des histoires tout court. Il possédait un don pour organiser des drames qui compliquaient l'existence à ses côtés. Mon métier consiste à rédiger des historiettes et à écouter les autres me dérouler leurs aventures et leurs mésaventures. Parfois l'article prend la vague, parfois pas. Je peux rater un embranchement, inventer quelqu'un, l'améliorer ou le montrer tel qu'il est. J'essaie de garder la bonté de mon père à l'esprit et de l'imiter, mais il m'arrive de m'en dégager, c'est plus fort que moi. Je suis tout sourire au moment de la rencontre, dans certains cas moins amène lorsque je rédige le texte. À force de côtoyer le roi des imprévus, j'ai pris un pli : redoutant d'être dupe, je cherche le dessous des cartes. Je déterre ou je crois déterrer la vérité. « À travers les portraits tu mets à jour les faiblesses, les défauts avec lesquels les êtres s'arrangent et vivent en bonne intelligence », remarque un ami. Il n'y a pas d'aménité dans son observation. « Pourquoi fais-tu ça ? »

J'importe mon père dans les appartements où se tiennent les entretiens que je mène pour le journal. J'y cherche son reflet, des contrastes dans le décalque. En déposant Jean-Michel chez les uns et les autres, un bout de cet État-providence qu'il portait aux nues m'accompagne et me protège. Ce mouvement m'anime plus encore depuis que les morts se sont succédé autour de moi, celle de mon père d'abord, et trois ans plus tard celle d'un homme que j'avais épousé. En mai 2017, nous nous rencontrions. En juillet 2017 mon père mourait, en janvier 2020 la pandémie commençait, et cet homme et moi nous mariions, un jour de semaine, à midi, en catimini, comme pour nous débarrasser au plus vite de cette comédie. L'été précédent avait été soulevé par nos disputes, je savais que nous n'étions pas faits l'un pour l'autre mais j'avais peur de le perdre. L'une de mes sœurs m'a écrit la veille du mariage : *Rappelle-toi que tu es libre.* En mars 2020 le pays se confinait, en avril rien n'allait plus entre Dominique et moi. En septembre il se suicidait. Dix jours auparavant, il avait déclenché un incendie dans notre cuisine en laissant sur le feu une poêle remplie d'huile. C'est mon fils et moi qui nous étions précipités dans la cuisine pour inonder d'eau les surfaces en feu. Le lendemain, un ami qui habite à l'étranger était de passage à Paris et m'a rendu visite. Je ne lui ai pas dit un mot de l'incendie mais il a interrompu notre conversation en s'étonnant de voir des bouteilles d'eau, de vin et de produits ménagers stockées dans un coin du salon. Un ange est passé. Je lui ai raconté ce qui était arrivé la veille. J'ai vu l'inquiétude dans son regard, j'ai senti que je la partageais, mais j'ai gardé pour moi mon affolement. Il y avait trop à dire, ma peur était énorme.

L'Ami, roman de l'écrivaine américaine Sigrid Nunez, raconte le suicide d'un universitaire sexagénaire qui est également écrivain. Il est l'ami du titre. Il séduisait ses élèves, attitude intrinsèque au statut de professeur, surtout pour un homme d'avant #MeToo. Une amie qui était en couple avec un universitaire m'a raconté que, tandis qu'elle se plaignait du donjuanisme de son compagnon auprès de son psychanalyste, celui-ci lui avait répondu avec une pointe de dégoût dans la voix : « Faites attention, ce n'est pas séduisant, une femme jalouse. » Mon amie consultait depuis sept ou huit ans cet analyste qu'elle surnommait Einstein en raison de sa crinière argentée et de son génie interprétatif : « Préféreriez-vous un homme qui ne regarde pas les femmes et ne soit pas sensible à leur beauté ? » Elle s'était tue. À la place de mon amie, j'aurais répondu : « Oui, je préférerais non pas une abstinence, mais un peu de tenue, et je pars voir ailleurs si vous y êtes. » Suivant l'ordonnance du docteur Einstein, mon amie a tassé sa jalousie tout en restant persuadée que son intuition d'être cocue était juste. *Pour la bonne cause*, elle a fouillé la messagerie de son compagnon. Il écrivait tous les jours à la femme mariée avec laquelle, avant de rencontrer mon amie, il entretenait une relation. Le problème est qu'il continuait de coucher avec la femme mariée. Dans ses e-mails, il lui assurait la désirer très fort et lui promettait de s'installer avec elle *illico* si elle se séparait de son mari. Du jour au lendemain il dirait adieu à mon amie. Il avait le sens des priorités. Après que mon amie a avoué ses fouilles et sa récolte, son compagnon l'a priée de se montrer indulgente : « J'ai du mal à faire une croix sur mon passé. Mais si tu me le demandes, je ne recommencerai plus. » Sauf que ce n'était pas exactement ce qu'elle voulait. Elle l'a quitté, et n'a plus remis les pieds chez Einstein.

La narratrice du livre de Sigrid Nunez fut l'élève de ce professeur que le titre désigne comme *l'ami*. Ils ont couché ensemble une fois et une seule, puis il est devenu son ami cher. Il était « dépressif depuis toujours ». Sigrid Nunez remarque que cet homme s'est suicidé sans laisser de mot : « Je n'ai jamais compris pourquoi on employait cette expression, laisser un *mot*. Il doit pourtant y avoir des gens qui ont plus à dire que cela. En allemand, le terme consacré est *Abschiedsbrief* : lettre d'adieux. (Beaucoup mieux.) »

J'ai quitté Dominique peu de temps avant son suicide parce que je ne parvenais pas à le garder dans la réalité. Il filait et m'emportait avec lui vers les ténèbres. Le lendemain de sa mort, j'ai appris qu'il avait fait une première tentative de suicide dix ans auparavant. En tombant amoureuse de lui, je n'ai rien vu venir. J'écris des portraits, mais il m'arrive de lire les êtres de travers. La première fois que j'ai passé une heure en la compagnie de cet homme, je l'ai pris pour un modèle de sérénité. Son physique dégageait quelque chose de lisse que j'ai confondu avec de la tranquillité. Il était beau et glacé : *Voici un homme sans histoire et qui ne fera pas d'histoires.* Dans le sillage de cette impression se sont glissés des signes inquiétants que j'ai rangés sous le tapis parce que je tenais à mes illusions.

Sans doute ma familiarité avec la mélancolie m'a-t-elle encouragée à vouloir soigner celle de cet homme à partir du moment où je l'ai repérée. Elle prenait la forme de migraines quotidiennes, de fatigues soudaines, de phases de fébrilité qu'il soulignait en soupirant, en s'asseyant soudainement là où il le pouvait, interrompant une promenade ou une conversation. Il baissait les bras comme s'il voulait tout arrêter, immédiatement. Notre attention à tous se concentrait alors sur lui. Ça me surprenait, ça m'inquiétait, mais j'enterrais mon étonnement. Dans les semaines qui ont suivi notre rencontre et notre premier déjeuner (deux rendez-vous qu'il avait proposés et provoqués), il est resté silencieux. C'est moi qui ai insisté pour le revoir. Un soir où je racontais ce que j'espérais être le début d'une histoire à un couple d'amis, le mari, quelqu'un dont les avis comptent pour moi, m'a conseillé d'en rester là : quand on court après un homme, on passe en force, on est bon pour une kyrielle d'ennuis. Je ne l'ai pas écouté. Dominique exerçait la profession d'historien. Nous avions quatorze ans de différence, c'est beaucoup. Sa vie d'avant l'encombrait autant qu'il s'y cramponnait. En vivant à ses côtés j'ai fréquenté plusieurs historiens, et j'ai repéré deux groupes parmi eux : certains sont très modernes, d'autres embourbés dans le passé. Dans *Cher ami, de ma vie je vous écris dans votre vie*, la romancière chinoise Yiyun Li remarque : « Nos souvenirs en disent plus long sur le présent que sur le passé. »

Ma sœur a raison : nous nous obstinons dans l'erreur en cherchant des hommes qui ressemblent à notre père et que nous ne trouvons pas. J'ai reconnu chez ceux qui me plaisaient quelques morceaux de mon père. Parfois j'ai cherché en eux son contraire. J'ai aimé des pingres alors que Jean-Michel était d'une prodigalité exceptionnelle, comme s'il avait été généreux à leur place. Après avoir admiré le désintérêt de mon père pour l'argent et son indifférence au fait de bien gagner sa vie, j'ai changé d'avis.

J'ai travaillé, j'ai gagné trop peu, j'ai ouvert les yeux. Il y a une quinzaine d'années, un ami m'a dit: « Pigiste, c'est un métier de crevard. Il faut une famille derrière soi pour l'exercer. Tes employeurs le savent et c'est moche. » Cet ami est séducteur et séduisant, très drôle et très intelligent. Il a de l'autodérision mais sitôt qu'il se moque de lui, il se moque de vous de façon plus vache encore, et vlan dans les dents. Il est ambitieux, obstiné, pleutre certains jours, courageux d'autres jours. Il a ses ambiguïtés. Pour ses trente ans il voulait avoir publié un livre et devenir père. Il y est arrivé. À l'approche de ses cinquante ans il voulait un bébé, un bébé est né.

Chez ceux dont j'écris le portrait, je perçois la dureté derrière la douceur, la douceur déguisée, le snobisme sous la simplicité revendiquée, l'hypocrisie derrière les bons sentiments, la crainte que la pauvreté soit contagieuse derrière l'éloge de la mixité sociale. J'étudie la tenue, les chaussures, les bijoux, le mouvement des mains. Je sens le parfum, je tais les larmes aux yeux et plus encore les gros bouillons. Je révèle les colères mais j'accepte les excuses et j'excuse tout lorsque c'est énoncé avec humour. Mon chef me met en garde: « Ne te fais pas avoir. » Je déteste user de mon minuscule et ridicule pouvoir, et j'en ai peu puisque le journal pour lequel je travaille n'a plus tellement de lecteurs. Je garde pour moi les secrets, surtout s'il s'agit d'une maladie, et j'ôte les phrases que l'intéressé regrette avoir prononcées, à condition qu'il me prévienne à temps. À travers ces portraits je compose une collection de cas. Je cherche à savoir si mon père avait raison : est-on méchant involontairement ? J'écris davantage sur les hommes que sur les femmes. « Dis donc, tu n'aurais pas un problème avec les femmes ? » me demande un ami.

Dans le bureau de l'historien d'art Jean Clair, à Paris, où je suis allée un jour enregistrer une émission de radio, est accroché un grand tableau de Zoran Music. C'est un autoportrait du peintre. Zoran Music fut déporté à Dachau, il survécut et peignit la mélancolie. L'immeuble de Jean Clair, situé à Paris près de la place des Victoires, est ancien. Il penche beaucoup, comme la tour de Pise. C'est le cas de nombreux immeubles parisiens mais la déclivité de celui-ci est telle qu'elle se remarque à l'œil nu une fois que l'on est à l'intérieur, dès la cage d'escalier. Jean Clair m'a expliqué que la mobilité des murs et des sols permettait de tenir : tant qu'il y a du jeu, le poids se redistribue, l'ensemble s'équilibre et ne s'écroule pas. À certains, peut-être manque-t-il cette capacité à se décaler pour s'arranger avec le réel, à s'adapter aux accidents de terrain. Ce que j'ai pris pour de la stabilité lors de ma rencontre avec cet homme était de la rigidité, une pétrification.

Zoran Music se représente en mélancolique sous les traits d'un très grand personnage flou, gris, qui se défait en lambeaux. Il est assis et sa tête repose entre ses mains. Il se prend littéralement la tête, allégorie traditionnelle de ce mal. Mon père avait des réserves de mélancolie. La tristesse de Dominique, lorsque je l'ai remarquée, me disait quelque chose. C'était donc ça. Cependant l'un n'était pas le décalque de l'autre : dans des circonstances objectivement dures, mon père s'est accroché. Il restait éruptif, volcanique.

Contrairement à Jean Clair ou Zoran Music, mon père ne reconnaissait pas l'humeur noire qui coulait en lui. Il ne voulait pas la voir, pourtant il en était le meilleur des promoteurs. La psychologie lui était étrangère, si bien qu'il ne réfléchissait pas au cadeau empoisonné qu'il distribuait. Quand j'étais enfant, nous avions le dimanche soir un rituel, par lui installé. Il demandait : « Tu n'as pas le cafard ? » Il insistait, reposait la question, et le spleen finissait par arriver. Il chantait une chanson que sa mère lui fredonnait chaque dimanche en espagnol. La seule évocation de sa mère assombrissait mon père, qui étalait son affliction. Il ne se cachait pas, et j'étais sa spectatrice involontaire et récalcitrante. C'est lui qui invoquait la figure de sa mère, jamais moi. Elle est morte en 1960, à quarante-huit ans, d'un cancer du cerveau. Né en 1936, mon père avait vingt-quatre ans et il était en Algérie à ce moment-là, pour y faire la guerre. Il reçut la permission de passer deux jours en métropole pour l'enterrement. Jamais je n'ai parlé avec lui de ce qu'il a ressenti ces jours-là. La façon dont il aurait réagi était imprévisible. Boxeur amateur, mon père me promettait de me défendre contre ceux qui m'attaqueraient *plus tard*.

Après que deux hommes tristes de ma vie sont morts, ce que je vois comme une même tempête en deux temps, un autre est entré dans mon quotidien et mes pensées. Il s'agit d'un amant plutôt joyeux. Avec lui en tête et dans les parages, j'ai écrit ce pèlerinage entre les projections et les incarnations de mon père. Si j'ai bien connu Jean-Michel jusqu'à mes huit ou neuf ans, il a disparu pour moi au début des années 1980. Il n'a pas disparu au sens propre. Il est devenu un père divorcé entièrement aspiré par ses nouvelles histoires. Il était accaparé par une famille et des complications qui ne me concernaient pas. De sorte que je peux dire que mon père et moi, nous nous sommes séparés en 1981. Nos conversations sont devenues brèves et sans profondeur : je me taisais pour ne pas provoquer un flux de réactions que je redoutais, qui dépassaient de loin nos conversations. Elles avaient à voir avec ses tourments de toujours. À l'ombre des fantasmes et des souvenirs que j'ai de lui, je recompose un père plus doux, et plus facile qu'il ne l'était. Une psychanalyste rappelait l'autre jour à la radio la découverte majeure de Freud : le problème le plus partagé et dont dérivent les autres est le masochisme, l'attachement à la souffrance. Sereinement, elle disait : « La vie psychique est conservatrice, nous revenons là où nous avons mal. » Sa pratique, ajoutait-elle, confirmait l'observation de Freud : s'allongent sur le divan des personnes qui se gâchent l'existence puis qui viennent s'en plaindre. Ceci n'est pas seulement un portrait de mon père mais aussi un livre sur le masculin, sur la difficulté et le plaisir pour une femme qui ne les vaut pas toutes, car certaines se débrouillent mieux ou plus mal encore, de s'articuler avec le masculin.

Je revois ce que j'ai perdu, j'égrène ce que je n'ai pas vu à temps et qui me saute aux yeux aujourd'hui. Je dresse ici les portraits de mon père, de l'homme qui s'est suicidé, du père de mon fils, de l'un de mes oncles, d'un intellectuel inquiet et attachant, d'un amant fuyant, d'un autre amant fuyant, de deux amis chers, et de mes deux grands-pères. Des femmes apparaissent en toile de fond. Toute la journée, je fabrique de la famille. Famille au centre et comme tourment. Même mes relations professionnelles deviennent famille, mais moi seule le sais. Ceux que j'élis ne sont pas avertis de leur élection. Je m'imagine qu'on est attaché à moi quand on ne l'est pas et qu'on me fuit quand on me veut. Jean-Michel me colle aux basques. Il trotte dans ma tête quand j'observe chez les autres leurs rapports aux femmes, à l'amitié, au travail, aux dépenses, au sport, à l'art, aux lois, à la mère et au père. Le mien idolâtrait ses parents et me rendait témoin du culte. Ces repères m'accompagnent quand je lis des portraits que je n'ai pas écrits. Je suis experte en comparaison de produits et, pour une large part, je suis le produit de mon père. J'ai procédé à un tri, je n'ai pas tout pris.

Mes autoportraits varient et sont souvent à charge. Je ne sais pas me vendre, il ne le savait pas non plus. Il se plaignait d'être lent alors qu'il réfléchissait à toute allure. Il se disait mauvais en langues étrangères, c'était vrai. Il se prétendait maladroit alors qu'il était le roi du bricolage et bon menuisier à ses heures. Il a fabriqué plusieurs bibliothèques. Jean-Michel râlait contre un journal du matin à cause de ses bons mots, de son irrévérence, de sa mauvaise foi. C'est précisément là que j'ai choisi de travailler. De façon outrancière et agaçante, il réagissait contre *ces parangons de vertu*. Maintenant que Jean-Michel est mort, c'est moi qui m'agace contre ce quotidien, que j'aime malgré tout. Mon père était de gauche mais il conspuait la gauche morale: « Gauche et gauche morale, c'est devenu un pléonasme. » Dans ces années-là, Bernard Tapie était une vedette et le totem des socialistes. Il avait du *bagout*. Pour mon père Tapie incarnait un cauchemar, le naufrage de ses idées politiques, et un boulevard creusé pour que la droite s'y engage. Clément, un ami, me dit: « Je ne suis pas de gauche mais je déteste la droite. » Mon père se serait reconnu dans cet adage. Il a voté pour la dernière fois de sa vie lors de la présidentielle de 2017, j'ignore quel bulletin il a glissé dans l'urne. Lorsque nous étions au café, Maryvonne m'a demandé: « Tu dirais que ton père était de gauche ou de droite ? » De gauche. Elle acquiesce et ajoute:

« Mais d'une gauche positive, généreuse ; pas la gauche cynique mitterrandienne. » Il était rocardien et gaulliste de gauche.

Je suis douce et capable de violence, rapide et lente comme mon père, susceptible d'accepter l'inacceptable, même si je m'améliore avec l'âge. Je suis précieuse mais pas snob, je ne suis pas une femme d'affaires mais une dépensière attirée par les petits et les moyens luxes. Je raffole des restaurants. Autrefois râleuse, je ne le suis presque plus. Je gâchais les moments heureux, mais c'est fini tout ça. Quinquagénaire aux cheveux ondulés, mon corps est bien mais mon visage est atypique, prognathe, avec de tout petits yeux qu'on ne voit presque plus avec l'âge. Ma tante Myriam dit : « Tu es particulière, ma chérie, on te trouve soit très moche, soit très belle. Moi je te trouve belle et serais amoureuse de toi si j'étais un homme. » Malheureusement, il s'agit de ma tante. Berthe Morisot a écrit à sa sœur Edma, après s'être vue peinte par Manet dans *Le Balcon* : « Je suis plus étrange que laide. » Je vois ce qu'elle veut dire.

La plus piquante de mes quatre sœurs dit : « C'est incroyable ce que tu ressembles à papa, physiquement. Tu es celle de nous qui lui ressemble le plus. » Jeune, Jean-Michel était *à tomber à la renverse de charme*, selon Maryvonne. Ma sœur : « De nous quatre, tu es la seule à faire du sport, comme papa. » Une photo qui doit dater de 1979 ou 1980 nous montre en train de courir, lui et moi, sur la plage de Saint-Jean-de-Luz. Nous allons de l'avant, nous avons de l'élan. Qu'est-ce qu'on s'aime ! J'ai six ou sept ans. Le jean pattes d'éléphant de Jean-Michel dessine sa silhouette élancée. Sur son crâne chauve il porte une casquette, sur son buste un blouson de cuir marron. Il est léger et viril. Nous sommes chaussés des mêmes baskets. Des pieds à la tête, j'étais habillée comme lui. Il m'équipait dans un surplus américain : pull à col camionneur, tee-shirt blanc trop grand, jean, tel était l'uniforme de mon enfance. C'est tout juste s'il ne m'achetait pas des slips. Sur la photo, je suis son petit moi, sa miniréplique. Ma mère a dit qu'après leur divorce, les amis de mon père me surnommaient *la petite femme de Jean-Michel*. J'aurais préféré ne pas le savoir.

Quand il s'est séparé de ma mère et avant qu'il vive avec sa troisième épouse, mon père et moi avons habité dans un studio en dessous de l'appartement de mon grand-père paternel. Il n'y avait pas de cuisine. Nous nous nourrissions sur le pouce ou nous sortions au restaurant, toujours le même, Chez Alfredo, une pizzeria attenante au commissariat du Ve arrondissement. Les amis de Jean-Michel nous rejoignaient. Vers 22 heures, après ma pizza margherita, Jean-Michel commandait mon dessert favori, le mystère. C'était une glace à la vanille couverte de noisettes pilées avec au centre une meringue. Une fois le mystère dégusté je m'endormais, le torse posé sur les genoux de Jean-Michel, une oreille collée à son ventre. J'entendais sa voix, métamorphosée par cette proximité. Elle devenait encore plus grave. Mon père fumait beaucoup, des Gitanes. La soirée se prolongeait tard alors que j'allais en classe le lendemain. Il buvait des grappas, une, deux, trois. Je me réveillais quand il portait le verre à sa bouche parce que son bras me frôlait. Il riait, parfois il chantait. Il portait des chemises blanches dont il retroussait les manches. Depuis, les hommes en chemise blanche aux manches retroussées me font de l'effet comme ce n'est pas possible. Je cherchais le sommeil, je gigotais, je m'énervais, il s'énervait. Ce qui avait bien commencé se terminait mal. Les sorties au restaurant ont pris fin au début des années 1980, quand notre petit couple a cessé d'exister. Jean-Michel continuait de me peindre l'humanité souffrante mais une flamme entre nous s'était éteinte. Je triais mes paroles pour ne pas l'agacer, mais il venait me chercher sur les terrains inflammables. Il rouspétait, les sourcils froncés, contre une série de délitements. Il détestait la gauche mitterrandienne, ses mensonges, ses trafics. Puisque nous étions d'accord, pourquoi ne pas parler d'autre chose ? Il pestait contre le ressentiment des Français envers le catholicisme sans s'interroger sur les causes de ce décrochage. Il maudissait le remplacement de l'intérêt général par l'intérêt personnel. Que la seule élite respectée soit celle de l'argent le mettait sens dessus dessous. Il avait raison, mais pouvait-on changer de sujet ? Jean-Michel était un réactionnaire de gauche dont la nostalgie et le pessimisme me coupaient les pattes. Il était impatient, il s'énervait vite et facilement. Il ne fallait pas le contredire parce qu'alors son irritabilité montait d'un cran. Il était verrouillé alors qu'enfant je le voyais libre comme tout.

Lorsque les cauchemars et le ressassement se calment, des mois après la mort de Dominique, j'entre dans une bonne tournade, celle de mon amant. C'est un être débordé qui tourbillonne comme si brûlait quelque part un feu qu'il était appelé à éteindre. Cela tombe bien, il est chef des urgences dans un hôpital parisien. Après la mort de mon père, après une expérience amoureuse désastreuse et un suicide, je cherche les vivants, les vigoureux. Murat est réanimateur. Que demander de plus ? Son métier (sauveur, ou au minimum réparateur), son assurance sans arrogance, sa vitalité, son absence de sentimentalisme sont les qualités qui m'ont séduite. Avec lui on sait à quoi s'en tenir, on sait ce qu'on peut obtenir, c'est-à-dire pas grand-chose, et il est inutile d'insister ou de pleurnicher. Mieux : je n'en ai pas envie. Quand je le quitte, tôt le matin, il n'est pas mécontent de se retrouver seul. Il a du pain sur la planche. Le jour où j'ai fait sa connaissance, aux urgences d'un hôpital où j'accompagnais une amie, je l'ai vu passer d'un box à l'autre avec un calme épatant. Maître de la situation, il prenait en charge des accidentés de la route pas jolis à regarder. Il jouait au maréchal, toujours sur le front. Il m'a plu avec sa charlotte sur la tête et ses surchaussures aux pieds – mais le stéthoscope au cou emporte le morceau ; c'est rassurant. Mon Murat était consulté par les médecins des autres services. Il était le mur porteur, la personne ressource. Il dispensait des conseils, fourmillait d'idées pour éviter l'engorgement du service, demandait aux proches des malades de patienter sans s'inquiéter et de rester en place. Murat n'occupe pas une seule place, mais plusieurs places, toujours plus. C'est Monsieur Plus, ce Murat. Lorsque je suis chez lui, dans sa vaste et confortable maison parisienne, je l'observe foncer d'une pièce à l'autre. Il nourrit le chien, le chat, fait des lessives à tour de bras car l'hygiène est l'une de ses obsessions. Sur son téléphone il programme des rendez-vous, appelle un taxi pour lui, un autre pour moi, vérifie le temps de trajet prévu, dicte des messages à Siri. Il ne m'aime pas, je ne l'aime pas non plus. Dois-je regretter que, tel qu'il est et telle que je suis, nous ne nous aimions pas ?

Non. Supporterais-je de partager un quotidien minuté ? Non, même si des choses chez Murat me plaisent. Comme les scouts, il connaît des tas de choses dans des domaines dont j'ignore tout : la pose d'une perfusion, les scrutins proportionnel et majoritaire, la définition d'une délégation de service public, etc. Murat n'est jamais disponible. C'est un cumulard – de fonctions, de rendez-vous, de housses de couette, de taies d'oreillers de plusieurs couleurs, de livres, de liquides pour lentilles, de gels douche (il en a un rouge, un bleu, un jaune), de batteries de téléphone, et je préfère ignorer la liste exhaustive de ses possessions.

Contrairement à Jean-Michel, Murat gagne très bien sa vie. Il se nourrit davantage que mon père, mais il n'est pas gourmet pour un sou et ne comprend pas que l'on mette de l'argent dans la nourriture, *puisque ça entre par là et que ça sort par là* (il mime le trajet). Si vous dînez chez lui, faites une croix sur le festin. L'été il ne se baigne pas ou peu : « Dans ma famille, le corps était caché, jamais exercé. J'ai à peine appris à nager et j'ai peur de la mer. » Sa honte du corps presque dénudé qu'exige la nage ne se devine pas. Rien ne permet d'imaginer ses handicaps dans la manière dont mon amant se saisit des objets, les range, conduit sa voiture, arpente son jardin, prépare un café, ou me touche. Un médecin est un spécialiste du geste et Murat à l'œil nu ne déroge pas à cette définition. Mon père, lui, avait pleinement un corps et il l'habitait avec bonheur. Il était la tête et les jambes. Je lui avais offert *Courir*, de Jean Echenoz, parce qu'il admirait Emil Zátopek, dont ce livre est la biographie romancée. Bon cycliste, collé à la télévision le temps du Tour de France, très bon nageur de pleine mer, il pratiquait la course à pied depuis sa jeunesse et courait tous les jours. Son terrain d'exercice était les quais de Seine. Il terminait la séance par une cinquantaine de pompes.

Murat est nerveux, amusant, curieux de savoir ce que je lis et qu'il se met à lire après moi. Il m'encourage à écrire : « Fais-toi confiance autant que je te fais confiance. » Il m'aide à affiner le thème sur lequel j'écrirai et pour cela il a un truc, une méthode artisanale et simple. Sur la page vierge d'un carnet il note avec minutie mon prénom, mon nom, puis les souligne à la règle comme un écolier. J'ai l'impression d'être la patiente d'un médecin qui ouvre un dossier. Me voilà soutenue et entendue. « Quels sont les thèmes qui t'intéressent ? » Les mères, les Juifs, la famille. Pas un mot sur les hommes. On agite le tout et de cette trinité se dégage une piste. J'écrirai sur une lignée de femmes de ma famille maternelle, des despotes : mon arrière-arrière-grand-mère, Germaine-Sarah, et sa fille (mon arrière-grand-mère), Éliane. Sans oublier ma grand-mère et ma mère. Les deux dernières sont moins tyranniques que leurs aînées mais ne sont pas faciles tout de même. Nées dans la bourgeoisie d'affaires juive parisienne, elles se voyaient comme des femmes à hommes. Leur monde est éloigné de celui de mon père. Excepté mon arrière-arrière-grand-mère dont les parents étaient de milieu modeste, ces femmes ont poussé aux bons soins de nurses anglaises qui faisaient courber l'échine aux enfants. Les pères de ces femmes étaient absorbés par les mondanités et le travail ; leurs mères par les mondanités. Insuffisamment stimulées, mes aïeules furent ignorantes en regard du milieu au sein duquel elles étaient nées. Elles ont reçu cette éducation victorienne selon laquelle un enfant n'est supportable que taiseux et dressé à l'écart des adultes, à l'office. Les choses se seraient-elles passées autrement si ces femmes avaient appartenu à une bourgeoisie intellectuelle moins riche ? Peut-être auraient-elles été incitées à étudier, à se trouver un métier intéressant.

Peut-être n'auraient-elles pas imaginé que le reste du monde et les enfants d'abord leur devaient des égards. Elles n'auraient pas eu le même sens de la hiérarchie – les hommes en premier, les femmes ensuite, les garçons éventuellement et les filles, malheureusement. Elles ont eu plusieurs maris, certains étaient juifs, d'autres non.

Croyant tenir le sujet de mon livre je note sur un carnet ce que ma grand-mère m'a raconté de ses aïeux. Sa grand-mère, Germaine-Sarah Hément, a eu deux maris. Le premier, Charles Louis-Dreyfus, a fait fortune dans le commerce de grains en se fournissant en Russie. Germaine-Sarah et lui ont eu quatre enfants : Arlette, Éliane, Pierre et François. Éliane, mon arrière-grand-mère, est morte dans les années 1990 après une vie remplie par cinq maris. Elle a eu deux enfants, de deux hommes différents : une fille, ma grand-mère, Francine Schumann-Saville, et un fils, Didier Heilbronn. Éliane a préféré Didier à Francine, le fils à la fille. J'ai toujours entendu Francine le dire, mais depuis quelque temps elle le nie.

Une fois riche et veuve de M. Louis-Dreyfus, Germaine-Sarah, en 1930, a épousé Henry de

Jouvenel, journaliste, rédacteur en chef du *Matin*, diplomate et dreyfusard. Lui-même avait été marié deux fois auparavant. Avec sa première femme, juive, comme Germaine-Sarah, Henry de Jouvenel a eu un fils, Bertrand. Avec l'une de ses maîtresses il a eu un autre fils, Renaud. Puis Henry de Jouvenel en 1912 a épousé l'écrivaine Colette. Il l'a rencontrée au *Matin* où elle tenait une chronique hebdomadaire, parfois bihebdomadaire. Ensemble ils ont eu une fille, Colette, surnommée Bel-Gazou ou Petite Colette. D'après la correspondance échangée entre Colette et sa fille, je comprends que Bel-Gazou a reçu une éducation semblable à celle de ma grand-mère : l'écrivaine envoyait paître les devoirs de la maternité et confiait son enfant à une nurse.

Journaliste comme son père et pionnier de l'écologie politique, Bertrand de Jouvenel était un drôle d'oiseau. En 1935, il a couvert pour *Gringoire* le congrès du Parti nazi et l'adoption des lois de Nuremberg. Militant de la réconciliation franco-allemande, en 1936 il a continué sur sa lancée et interviewé Hitler. Il voulait assurer les lecteurs français des visées pacifiques du chancelier. Il a adhéré au PPF de Jacques Doriot et, sous l'Occupation, fréquenté les salons de quelques collaborateurs, notamment celui de May de Brissac la maîtresse de Paul Morand. Cet entretien avec Hitler et ces amitiés ont valu à Bertrand de Jouvenel des ennuis à la Libération mais le fait qu'il ait fourni pendant la guerre des informations aux Britanniques lui a permis d'échapper à l'épuration.

Une fois mariés, Henry de Jouvenel et mon aïeule Germaine-Sarah ont emménagé dans le bel hôtel de Luzy, 6 rue Férou, dans le VIe arrondissement de Paris. C'était le dernier salon où l'on causait. Ensuite, les couples se sont croisés : Bertrand de Jouvenel (le fils d'Henry) et Colette ont eu une liaison que Colette a déguisée dans *Le Blé en herbe*. Renaud de Jouvenel a épousé Arlette Louis-Dreyfus, la fille de Germaine-Sarah, donc la fille de la femme qui partageait la vie de son père. Renaud de Jouvenel et Arlette Louis-Dreyfus étaient riches et communistes. Ma grand-mère dit que Renaud était très gentil, comme l'était Arlette, d'ailleurs. Ils ont créé les éditions musicales et militantes Le Chant du monde, mises sous séquestre par les lois antijuives d'octobre 1940. La même année, Renaud et Arlette ont divorcé, alors que ma grand-mère aurait aimé qu'ils restent ensemble.

Arlette était plus sympathique que sa sœur Éliane, la mère de ma grand-mère. J'ai un peu connu Éliane, si tant est qu'une enfant pût la connaître. Elle avait une maison secondaire à Villers-Cotterêts et participait à des chasses à courre. Fausse aristocratie, faux chic, fausse supériorité. Son côté garçon manqué, présenté comme une noble qualité, dorait sa légende. Ma mère m'emmenait de temps en temps voir Éliane dans son hôtel particulier à Neuilly. Un domestique en livrée nous ouvrait la porte et nous menait vers *Madame*. Couverte de bijoux, sophistiquée, maigrissime et donc très fripée, fumant des cigarettes fines au fume-cigarette, entourée de bibelots sûrement précieux, une fine chaîne en or autour de la cheville gauche, séduite par son propre narcissisme et se croyant élégante, cette veuve de cinq hommes (je me disais : elle en a mis cinq au tapis) me posait trois questions et puis s'en va. J'étais priée d'aller voir ailleurs si elle y était. Pendant ce temps elle discutait avec ma mère. Je ne la sentais pas, Éliane, et ce que j'ai appris plus tard a confirmé mon intuition. Après la guerre elle a envoyé sa fille, ma grand-mère, adolescente de quinze ans, à l'Institut du Bon Pasteur pour la corriger d'un « dérapage » qui était le fait d'un homme trois fois plus âgé. C'était lui le coupable, pas ma grand-mère. Créée en 1830, la congrégation catholique du Bon Pasteur était un ensemble de maisons de correction pour mineurs et non mixtes, bien sûr, réparties sur les cinq continents. L'institution a eu le vent en poupe dans les années 1950 à cause de la réforme de la justice des mineurs de 1945 qui proclamait la prééminence de l'éducatif sur le répressif. Mais ce que recouvrait le concept d'*éducatif* était vaste et parfois terrible. Dans les années 1950, il existait encore en France une trentaine d'établissements appartenant à la congrégation du Bon Pasteur. Quand le ciel est tombé sur la tête de ma grand-mère, elle s'est retrouvée dans les environs de Pau et, heureusement, face à une mère supérieure intelligente et gentille. Dans son malheur Francine a eu de la chance. Récemment, des femmes passées par le Bon Pasteur se sont rassemblées dans une association pour demander réparation des violences dont certaines d'entre elles furent victimes.

Francine a vite sympathisé avec les autres pensionnaires, des filles de milieux modestes. Elle leur a raconté son expérience d'enfant cachée sous l'Occupation et sa mésaventure avec l'horrible bonhomme qui venait la trouver dans sa chambre la nuit et lui demandait de l'embrasser. Il dormait sur place, chez Francine, puisqu'il était le mari d'Éliane. Éliane avait fait entrer le loup dans la bergerie. Les adolescentes du Bon Pasteur ont écouté Francine et elles l'ont appréciée. Francine a ensuite tout déballé à la mère supérieure, sans peur ni honte puisqu'elle n'avait rien à se reprocher. Ma grand-mère parle à toute vitesse. Elle pose une question et à peine amorcez-vous la réponse qu'elle en pose une autre qui tue la question précédente, partie aux oubliettes pour un moment, jusqu'à ce qu'elle s'aperçoive qu'il manque une étape dans le récit et qu'elle revienne en arrière. En deux minutes elle vous cuisine un mille-feuille de questions sans réponse. C'est l'angoisse qui fait ça.

La mère supérieure du Bon Pasteur a compris que Francine n'avait rien à y faire. Le problème était la défaillance maternelle, la faute était imputable à Éliane et à son mari. La religieuse a décidé que Francine devait retourner chez l'un ou l'autre de ses parents – ils étaient divorcés. « Hors de question », a répondu le père de ma grand-mère, Antoine Schumann. Juif, autoritaire, froid avec les siens d'après le portrait que Francine m'en brosse, il a rejoint Londres dès 1941 et plus tard il a intégré la brigade Alsace-Lorraine aux côtés d'André Malraux et de Romain Gary. Membre de la

France libre, il s'est appelé Antoine Saville au lieu d'Antoine Schumann et a gardé son pseudonyme après-guerre. Piloter un avion de chasse pour résister aux Allemands, il en était capable, mais vivre sous le même toit que sa fille de quinze ans était au-dessus de ses forces. Même son de cloche du côté d'Éliane, juive elle aussi : « Je ne reprends pas ma fille chez moi. » C'est Arlette qui a sorti Francine du pétrin en l'accueillant chez elle. Elle lui a sauvé la vie. Quelles images d'elle-même et de la maternité Francine a-t-elle retenues de cet épisode ? Si votre mère peut vous mettre au trou, qui est en mesure de vous aimer et de vous sauver ? Le père de Francine l'aimait à sa façon. En 1943 il a piloté un avion afin de rejoindre Alger depuis Londres, rien que pour passer quelques heures avec Francine, réfugiée en Algérie. Il est rentré à Londres dans la journée. « Je lui manquais trop », dit Francine. C'est après beaucoup de péripéties que ma grand-mère était arrivée avec sa mère et sa grand-mère, la fameuse Germaine-Sarah, en Algérie. Elles étaient passées de la France à l'Espagne à dos d'hommes par la Bidassoa, fleuve frontalier des deux pays. Je connais la Bidassoa. Nous la traversions pendant les vacances d'été, à Saint-Jean-de-Luz. Jean-Michel circulait dans la montagne au volant d'une jeep américaine laissée en France après le débarquement.

Francine s'est mariée trois fois, deux fois de moins que sa mère. Ces temps-ci, elle me demande si j'ai rencontré un homme parce que, « après Dominique, quand même, ça ne va pas être facile. » Elle habite dans le Xe arrondissement de Paris, à la lisière du XIXe. Situé dans une résidence des années 1960, son appartement est envahi de bibelots, ceux de sa mère. Elle a les cheveux bouclés et blonds, mais sa couleur naturelle était le brun. Ses boucles en revanche sont d'origine. De ses cheveux Francine se fait une montagne. Les jours où elle a rendez-vous chez le coiffeur, elle est invisible pour le reste du monde. Elle en parle avant puis après. Le travail du coiffeur ne la satisfait jamais, *a posteriori*. Francine est une petite dame avec beaucoup de poitrine et des jambes de gazelle. Plus jeune, elle avait la taille fine, et relevait, comme on relève une sauce, ses tenues avec de larges ceintures aux boucles scintillantes. « Tu as une dent contre les ceintures, me dit ma mère, tu as trop vu ta grand-mère en porter. » D'autres accessoires faisaient ressortir sa poitrine : des broches, des foulards en soie, de gros colliers. De sa poitrine, Francine disait : « Je mets mon capital en valeur. »

Francine personnifie le mot *débordement*. Ses lèvres sont charnues, son nez est fort. La façon dont elle arrange sa silhouette pour en souligner telle ou telle partie se retrouve dans son caractère : elle exagère, elle vous envahit, elle met les deux pieds dans le plat. Son corps et son tempérament sont en miroir l'un de l'autre. Elle a un chien, un carlin, monceau de bourrelets. Autrefois Francine était toujours en mouvement, affolée, excédée, impatiente. Quand, plus jeune, elle donnait rendez-vous en dehors de son appartement, elle arrivait terriblement en retard. Lorsqu'elle cherchait ses clés, son sac à main, ses lunettes, elle ordonnait à son mari de les chercher *avec elle*, c'est-à-dire à sa place. Tout, chez ma grand-mère, prend du volume, dépasse les bornes.

Elle ne laisse rien venir, n'accorde de temps ni à l'hésitation, ni à la réflexion, ni à la détente, ni à l'improvisation. Elle ignore les temps morts. Elle aime le mot *programme*, même si avec l'âge elle n'en établit plus. Autrefois, avant un repas, elle remplissait à l'avance la corbeille de pain du nombre de morceaux dont nous aurions besoin. C'était le programme pain. Morceaux petits. Il en fallait pour pousser la salade et accompagner le fromage ; la gourmandise on oublie. Elle sortait *à l'avance les petites assiettes* pour le dessert.

Malgré cette organisation rigide et ses emportements, Francine est affectueuse et capable de fulgurances quand elle décrit les êtres. Elle est attachante. Elle était attachée de presse, prenait son métier à cœur et se faisait une montagne de ses obligations professionnelles. C'est une femme à se noyer dans un verre d'eau. Ses amitiés ont souvent été nouées dans son entourage professionnel avec des amies plus jeunes qu'elle. En se liant à des femmes de l'âge de sa fille, Francine joue quelque chose avec, ou contre ma mère.

Les années passent et Francine parle encore de Jean-Michel : « Qu'est-ce que je l'aimais, ton père ! Si je pense à lui, je vois sa guitare. Quand il se mettait à chanter il était impossible de ne pas tomber amoureuse de lui. J'étais présente le soir où il a rencontré ta mère, tu sais ? J'avais emmené Sophie dîner chez des amis communs à ton père et à moi. Ils ne m'avaient jamais parlé de lui. Je t'avoue que j'aurais bien aimé le rencontrer seule. Je l'ai dit à ta mère, d'ailleurs, ce n'est pas un secret. J'en parle librement : ton père m'aurait convenu. À la fin de la soirée, il m'a dit : j'ai invité votre fille à dîner lundi, mardi, mercredi, jeudi et vendredi. J'avais trouvé ça délicieux. Jamais un homme ne m'a dit ça. Ta mère a eu beaucoup de chance de tomber sur lui. » Lorsque je lui raconte que j'ai interrogé tel ou tel homme, peu lui importe qu'il soit vieux, jeune, laid, marié, désagréable ou pas mon genre, Francine pense à l'aventure que je pourrais avoir avec lui : « Tu vas le revoir ? » Quand il s'agit d'une femme, ma grand-mère m'interroge sur son physique. Si la femme n'est pas particulièrement jolie, Francine la déclare foutue : « Elle est intelligente mais elle n'a pas de chance, si tu vois ce que je veux dire. » Je vois, merci. Dans cette famille où une *lignée*, ce n'est pas rien, on dit aux filles : « Tu vois la reine des abeilles ? Eh bien toi, tu es la reine des connes. »

Ai-je envie de passer du temps en compagnie des femmes de ma famille ? Murat m'y encourage : « Leur mauvais caractère n'est pas la question, laisse-le de côté. Seuls comptent les traits d'époque qu'elles dégagent : l'assimilation des Juifs, la misogynie, l'importance prêtée aux apparences, les silences et les mensonges répétés de génération en génération, une transmission difficile entre les mères et les filles. T'es-tu demandé pourquoi elles étaient si dures, ces femmes ? Elles sont libres, regarde, elles n'arrêtent pas de divorcer ! Ce serait intéressant de faire le tri entre ce qui caractérise la bourgeoisie et ce qui est propre à la judéité dans tout ce bazar, non ? » Murat n'est pas le dernier des bourgeois. Il est catholique, il aime l'histoire, et à travers ces femmes il observe un milieu qui lui semble exotique, un milieu juif et libéral. Assise près de lui, mes jambes allongées sur les siennes, j'appelle ma grand-mère pour tâter le terrain. Je l'interroge sur le couple que formaient Henry de Jouvenel et Germaine-Sarah Hément. Cette histoire s'amorce bien : Jouvenel, Colette, la judéité, l'argent comme boussole, des séductrices, quel bon matériau. Gentilles ou pas, les semaines passent et ces femmes ne m'inspirent pas une ligne. Elles me mettent mal à l'aise.

Pour ce livre, j'irai vers les hommes. Mes familles maternelle et paternelle ne sont pas complètement sans rapport. Elles ont en partage le judaïsme, prépondérant dans l'identité de la première, passé sous silence par les Bloch-Lainé. Les Bloch se sont convertis au catholicisme. Un M. Bloch a épousé une Mlle Lainé. Dans *Ce que je crois*, un livre autobiographique publié en 1995, François, mon grand-père paternel, haut fonctionnaire comme son père et le mien, se définit avec les mots de son temps. Il se déclare « à moitié juif. Jusqu'à la défaite de 1940, je m'en étais à peine aperçu. C'est bien cela qu'on avait voulu pour moi, après la conversion de ma grand-mère paternelle, dans les années 1880. Je ne savais pas grand-chose du judaïsme tandis que j'étais un catholique actif. » Mort en 2002, François Bloch-Lainé était né en 1912. Son père était juif, sa mère ne l'était pas, donc il ne l'était pas. Mon grand-père écrit ne pas éprouver de « honte » vis-à-vis de son ascendance mais plutôt « une certaine fierté, la satisfaction d'appartenir un peu à une collectivité aussi singulière, aussi remarquable, qui a manifesté au cours des siècles tant de courage et tant de capacités, au prix de tant d'épreuves ». Il ajoute, toujours avec le vocabulaire d'autrefois : « Mon absence de nostalgie raciale est un fait en soi. J'espère pouvoir l'exprimer sans blesser, ni faire sourire. » Sur la judéité et son abandon, la famille, en tout cas telle que je l'ai connue, s'est tue. Personne n'en parlait. Ce legs ne faisait pas le poids par rapport à un autre héritage, la bourgeoisie d'État. Les Bloch-Lainé l'ont pénétrée à travers la méritocratie en réussissant les concours des grands corps. Certains sont entrés à Polytechnique, d'autres à l'inspection des Finances. Ils étaient ce que l'historien Pierre Birnbaum appelle des Juifs de la République. Une fois l'assimilation achevée les Bloch-Lainé ont oublié en eux les Israélites. Ce qui est amusant est que, lorsque je prononce mon nom, l'attention descend en piqué sur la partie *Bloch* et *Lainé* tombe aux oubliettes. « D'où ça vient, Bloch ? » Personne ne comprend ce nom en deux parties. Au travail, j'ai déjà entendu dire : « Bloch-Lainé, c'est comme Rothschild. » Bloch-Lainé, ça fait nanti. Dans *Proust du côté juif*, Antoine Compagnon cite une remarque que Marcel Proust attribue à Anatole France : le trait d'union dans les patronymes est la « particule de la démocratie ». Doutant qu'Anatole France fût l'auteur de cette formule, Antoine Compagnon a enquêté et en a retrouvé le véritable père. Il s'agit de Léon Blum, qui l'a utilisée dans un article de *La Revue blanche* en juillet 1898. La composition du nom reflète une alliance, peut-être même d'intérêts. Par la réunion de deux patronymes banals les familles Bloch et Lainé se sont singularisées. On ne confondrait plus ces Bloch-là avec les autres Bloch, ni les Lainé avec des milliers de Lainé. S'agissait-il par la même occasion, pour les Bloch, d'échapper à un nom exclusivement juif ? Selon mon ami Clément, non : « Bloch, à la fin du XIXe siècle, c'était quelque chose, donc s'ils avaient agi par peur de leur nom juif, ils auraient gardé Lainé et éliminé Bloch. »

Craignant que cette origine juive ne porte malheur à ses trois fils pendant la Seconde Guerre mondiale (le quatrième fils de François est né après la guerre), mon grand-père a envoyé Jean-Michel, Jean-Louis et Jean-François à Quintin, dans la baie de Saint-Brieuc. Pendant trois ans ils n'ont pas vu leurs parents. L'Occupation, la séparation, sa participation à la guerre d'Algérie et d'autres événements que j'ignore ont développé chez mon père une attirance et une répulsion pour la bagarre. Il disait « Je t'en prie, pas d'histoires », alors que le drame et la colère étaient déjà lancés dans sa tête, comme une commande au restaurant. Sa jeunesse belliqueuse et ombrageuse avait façonné sa virilité, sensuelle, délicate, pas tonitruante, enveloppante. Il était *un homme un vrai*, mais il faisait les choses en silence. Il ne claquait pas les portes et marchait à pas de loup, il chantonnait des airs tristes en fronçant les sourcils. Il émettait un aggloméra de tensions, de tendresse et de tristesse sûrement apparu tôt sur son chemin. Sous son air facile, il ne l'était pas. Je l'imagine adolescent, polissant ce magma dans les appartements cossus de l'Ouest parisien qui étaient ceux de ses parents et de ses grands-parents. En lui se mélangeaient différentes étiquettes et filiations : le grand bourgeois se fondait dans l'aventurier séducteur, dans le voyageur sans bagage, même s'il ne se déplaçait jamais sans un sac en plastique à la main.

L'historien Alain Corbin ne se fait pas d'amies quand il tempère la souffrance des femmes au XIXe siècle et souligne que le statut de victime doit être partagé, peut-être pas à parts égales, mais partagé tout de même : c'étaient les hommes et non les femmes qui partaient au front et qui y mouraient. En temps de paix, les hommes assumaient la nécessité de gagner de quoi vivre. Tel un bouclier, Jean-Michel se serait placé devant quiconque menacé par un type armé. Jean-Michel, c'était les femmes et les enfants d'abord. Surtout les femmes et les enfants par intermittence. Il était doux comme un agneau et l'instant d'après, démonté. En proie à des poussées de rage, il devenait blessant, prophète de mauvais augure. Il lâchait des mensonges et des démons. Il annonçait des séparations, des fâcheries irréparables, un effondrement. Je bloquais ma parole, je fermais la boutique parce que si je ne me taisais pas il montait d'un cran dans les prédictions lugubres. Son chaos le mettait sens dessus dessous. De nous deux, dans ces moments-là, il n'était plus l'adulte. Les personnes extérieures à la famille lui disaient qu'entouré de tant de filles, il était *le roi du pétrole*, une expression qu'il n'employait jamais, qui ne lui serait même pas venue à l'esprit et que l'on n'emploierait plus aujourd'hui tant ce qu'elle charrie n'est pas #MeToo. Le roi du pétrole, c'est le pacha. Lui, c'était l'homme qui aimait ses filles et qui aimait les femmes. Le vin était l'éperon de ses emportements, dans lesquels le comique n'avait plus sa place. Adieu André Pousse.

Une historienne de la psychanalyse dit à la radio que la révolution freudienne, « c'est l'idée du tragique intérieur à soi-même ». Jean-Michel, bien qu'extrêmement hostile à la psychanalyse, connaissait intuitivement ses lois et la place qu'elle accorde au tragique et sa généalogie. Il détestait la psychanalyse parce qu'il ne savait que trop qu'à la source de tout, il y a le tragique. Il ne voulait pas l'entendre. Il m'est arrivé de voir à son insu mon père marcher dans la rue, attendre une rame de métro, faire la queue dans un magasin. Sa gravité, sa civilité, sa délicatesse, son humilité et son inquiétude glissées dans son sourire sautaient aux yeux. J'avais envie d'arrêter les passants et de leur dire : « Quel homme, n'est-ce pas ? » L'incipit de *Quand elle était gentille*, le roman de Philip Roth, c'est Jean-Michel : « Ne pas être riche, ne pas être célèbre, ne pas être puissant, ne pas même être heureux, mais être civilisé ; c'était le rêve de sa vie. »

Jean-Michel était une mère imprévisible, de celles qui, affectueuses, deviennent l'instant d'après psychiquement ravageuses. Le père idéal serait celui de l'écrivain colombien Héctor Abad.

Il dresse son portrait dans *L'Oubli que nous serons* : « Je ressentais pour mon père la même chose que mes amis disaient éprouver pour leur mère. » Seul garçon d'une fratrie de six, l'écrivain a vécu dans une famille très heureuse, mais atteinte et finalement abattue par des tragédies : l'une des sœurs d'Abad est morte à seize ans, puis son père fabuleux, un médecin, a été assassiné dans une rue de Medellín. Mère juive, mon père l'était par son tempérament nourricier. Lui-même se nourrissait de quelques aliments seulement : des piments basques qu'il faisait frire, des laitages auxquels il mélangeait des fruits ou de la confiture de cerises noires, et du pain grillé sur lequel il étalait un tout petit peu de beurre et ajoutait du jambon cru. Son plaisir était de préparer des tartines pour les autres. Ses doigts épais, apparemment maladroits, s'y prenaient avec dextérité. Quand j'avais sept ou huit ans, je lui faisais des manucures. Je jouais à la poupée. Dans ces moments-là il me nommait *chef*, chef des opérations et détentrice de l'autorité. J'avais quartier libre. Par exemple, nous montions en voiture et nous sillonnions Paris selon mes instructions. À défaut de prendre le volant je prenais les commandes de l'itinéraire. À gauche, à droite, au hasard. Mon père conduisait si mal que je n'aurais peut-être pas fait pire ; je n'ai toujours pas mon permis de conduire. Ces jours-là il m'accordait tout ce que je désirais, pas matériellement, mais en termes de loisirs. Ces scènes n'étaient pas le miroir inversé de notre quotidien ordinaire : je n'ai jamais eu à m'affranchir de son autorité dans la mesure où il n'en exerçait pas ; ou plutôt, il dégageait une autorité dévoyée, dénaturée, obéissant non pas à la hiérarchie des âges et des positions père-fille mais à un rapport de force dont j'ai appris la grammaire. Jean-Michel était l'homme idéal et l'homme à fuir, Monsieur Tout-ou-Rien. Il émanait de lui une science de la légèreté autant que de la crispation. Son inclination pour les belles femmes était à la hauteur de son indifférence pour le féminisme, mais c'est lui qui faisait les courses, cuisinait, m'achetait mes vêtements, m'accompagnait à l'école le matin, me soulevait pour que je pisse entre deux voitures ou au-dessus de la mousse, dans la forêt ; lui qui bordait mon lit le soir, posait un verre d'eau sur la table de nuit, éteignait la lumière puis me faisait rire aux larmes en revenant quinze fois, vingt fois de suite dans la chambre en imitant je ne sais qui. Il travaillait ensuite jusqu'à 2 ou 3 heures du matin, avec des fruits et des yaourts à côté de lui. Lorsque nous cohabitions dans le studio en dessous de chez mon grand-père, je le regardais, la nuit, concentré sur ses dossiers, en tee-shirt blanc

Fruit of the Loom et en jean. Même pour moi, il était séduisant. Myriam, la sœur de ma mère, ainsi que Francine, ma grand-mère maternelle, celle qui adule « Mamie de Jouvenel », se vantent d'être « tombées amoureuses de Jean-Michel » à la minute où elles l'ont vu. Jean-Michel, le tombeur de ces dames. Ces nuits-là il rédigeait des *rapports*. Il était à l'époque directeur de la construction au ministère de l'Équipement. Une dizaine d'années plus tard, en 1988, alors que Bérégovoy était ministre de l'Économie, Jean-Michel eut pour mission de réfléchir à un nouveau régime d'aide au logement, « à enveloppe budgétaire constante ». Je lis dans *Le Monde* que mon père avait terminé son rapport ainsi : « En pareille affaire, importante et compliquée pour créer du progrès sans créer de dégâts, la nécessaire détermination devrait s'accompagner d'une certaine dose d'empirisme. » Il envisage un peu de bazar, un peu de jeu, de l'habileté, de l'élasticité. De son expérience au ministère, Jean-Michel a tiré un livre qui porte un joli titre, pour un rapport de fonctionnaire : *Un espace pour la vie*. L'un des chapitres s'intitule « Libérer la parole ».

Lors de sa vie commune avec ma mère, Jean-Michel était joyeux. Il imitait Yves Montand. Ma mère raconte qu'il mettait sur le tourne-disque *Elle attendait son carrosse* ou *Battling Joe*, se plantait devant un miroir, et c'était parti. À sa légère anorexie, il devait *sa fin-e silhou-ette et sa march-e légère.* Je ne l'ai jamais vu danser comme Montand. Maryvonne associe Jean-Michel au chant : « Ce qu'il y avait de formidable, c'était la guitare. On ne faisait pas plus convivial, plus chaleureux que lui quand il se mettait à jouer et à chanter. Comment faire davantage entrer quelqu'un dans ton intimité qu'en chantant avec lui ? » C'est amusant que Maryvonne me dise cela, car il y a des manières plus évidentes de partager l'intimité d'un être. Lui dont l'enveloppe était si mobile avait l'intérieur strié de cicatrices. Il était par intermittence fuyant, malheureux. « Puis-je n'être pas moi ? Et étant moi, puis-je faire autrement que moi ? Puis-je être moi et un autre ? » se demande Jacques dans *Jacques le Fataliste et son maître.*

« Tu m'en veux ? » Il n'évoquait pas directement ses colères mais c'étaient elles que visait sa question. Il lui arrivait de ne plus s'appartenir et de se transformer physiquement. Victor Valance, le père de *Tout feu tout flamme* qu'incarne Yves Montand dans ce film de Jean-Paul Rappeneau est une autre figure de mon père. Mais notre père ne faisait pas d'affaires dans le monde des casinos, contrairement à lui. Il n'a jamais fait d'affaires tout court. Mais comme Valance, il était capable de partir au bistrot au coin de la rue et de rentrer trois jours plus tard. Un dimanche d'avril où nous lui souhaitions son anniversaire, Jean-Michel a déguerpi sitôt les bougies soufflées, sans donner d'explication. Nous étions habituées à ses évasions et à ses embarras intempestifs. Le personnage joué par Isabelle Adjani dans *Tout feu tout flamme*, c'est ma sœur aînée. Elle fut pour nous un père et une mère, à sa façon.

Des quatre fils de François, Jean-Michel est le seul à avoir épousé une Juive, ma mère. Ses deux autres femmes étaient catholiques ; l'une était une aristocrate. Des quatre fils de François, il est le seul à avoir cru à ce point en les livres. Dans une émission de France Culture consacrée à Kafka, un invité dit la chose suivante : « Le Juif et la nature, ça fait deux. » Les Juifs, explique-t-il en substance, n'écrivent pas sur la nature parce qu'au lieu de la contempler, quand ils l'arpentent, ils bavardent. La conversation et l'interprétation les accaparent. Mon père n'était pas un contemplatif. Comme touriste, il préférait de loin les villes à la nature. Certes, il était heureux à Saint-Jean-de-Luz et dans la montagne, entre la France et l'Espagne, mais il ne parlait pas des arbres, de la végétation, du silence, des odeurs de la campagne. En revanche il s'illuminait en décrivant New York et Washington, où il avait voyagé pour son travail. Il comparait Washington à Célesteville, la ville du roi Babar et de sa femme Céleste. Il ne connaissait pas de villes plus lointaines, et je ne l'ai pas entendu regretter de n'avoir pas visité Buenos Aires ni le Machu Picchu. Peut-être n'aimait-il pas se sentir trop dépaysé.

Jean-Michel était bâti d'une sincérité tissée de mensonges. En lui coulaient la douleur et l'amour pur. Il m'aimait trop, je prenais la fuite. C'était l'amour fou et l'amour en fuite. Jean-Michel était Enrico Macias, le *Mendiant de l'amour*, le promoteur de la concorde, celui que l'on prend pour un gai luron parce qu'il chantonne *laï laï laï laï*, alors qu'il ploie sous l'angoisse. Il devrait exister un malentendu Jean-Michel ainsi qu'il existe un théorème de Thalès. Comme Enrico Macias, mon père a eu un rapport avec l'Algérie. Il y a fait la guerre. Comme Enrico Macias enfin, il était chanteur. En 2016, un an avant de mourir, Jean-Michel a enregistré un album avec un groupe de musiciens basques, l'Arrantzaleak Social Club. Le disque s'appelle *Amaren Kantuak*. Il est le fruit de nombreuses répétitions dans un studio de Saint-Jean-de-Luz. Sur la pochette du disque est reproduit un tableau du peintre basque Ramiro Arrue. Il représente une colombe posée sur les tuiles d'un toit. Elle contemple la Rhune, célèbre montagne du Pays basque, haute de 900 mètres. Le style est naïf, les couleurs, pastel ; le tableau est ravissant. Nous ne l'avons pas gardé après la mort de notre père. Une photo reproduite sur la jaquette de l'album montre les musiciens et, parmi eux, mon père avec sa triste figure. Le casque posé sur ses oreilles lui fait une tête énorme. Au dos de la pochette tout est indiqué en basque. Parmi les titres, citons *Dans les prisons de Nantes*, *Adios ene maitia* (« Je m'en vais, adieu ma mie, je vous quitte pour toujours »), et *Le Roi a fait battre tambour* (« Adieu ma mie, adieu mon cœur, adieu mon espérance »). C'est gai. Cet album est l'unique de sa carrière. Les membres de l'Arrantzaleak Social Club sont venus chanter *a cappella* à son enterrement. Un été, Enrico Macias a écrit sur les réseaux sociaux : « Pour la rentrée, je vous prépare un truc... Vous êtes pas prêts. » Ce message aurait ravi mon père. Il aurait ri aux larmes, il aurait parlé en termes affectueux d'Enrico Macias en faisant sauter à la poêle des piments dans la cuisine de Saint-Jean-de-Luz ou en coupant de fines lamelles de fromage de brebis. Avec ses gros doigts il aurait disposé les tranches sur une assiette ébréchée. Dans la maison de Saint-Jean, il manque un bout aux assiettes, aux plats, aux meubles. Les murs sont écaillés, la moquette est trouée.

Les Bloch-Lainé sont les héritiers d'un monde disparu, celui des grands commis de l'État, des serviteurs de l'intérêt général qui mettent en sourdine leurs opinions politiques. Jean-Michel vouait un culte à ce Jurassic Park. Chaque promotion de l'ENA se donne un nom. Celle de mon père, en 1963, s'est baptisée Saint-Just, un choix qu'il désapprouvait parce qu'il aimait l'égalité et l'ordre, pas la Terreur. Comme son père, il comptait sur la puissance publique pour moderniser la France. Dans les années 1980, il n'a pas pris acte des changements. Le vent tournait et la finance prenait les rênes du pays. Jusqu'à la fin de sa vie il a appelé Radio France « l'ORTF ». Dans son milieu professionnel, Jean-Michel était à la fois dans les clous et en dehors. En 1982 il fut nommé directeur général des Impôts. Le ministre des Finances s'appelait Henri Emmanuelli. Un article du *Monde* daté du jour de la nomination de mon père se termine ainsi : « C'est la première fois qu'un haut fonctionnaire n'ayant pas une expérience particulière de la fiscalité accède à cette direction réputée difficile entre toutes. » Auparavant, mon père avait travaillé à la direction du Trésor et au ministère de l'Environnement et du Cadre de vie. Je ne sais pas exactement ce qu'il s'est passé aux Impôts, mais cela s'est mal terminé. Jean-Michel est entré en conflit avec Henri Emmanuelli à cause d'une personnalité, homme ou femme, chanteur ou actrice, à laquelle le gouvernement ou le président de la République, peut-être, voulait éviter un contrôle fiscal. Mon père a résisté, il n'est pas intervenu auprès des inspecteurs des impôts, ce n'était pas son genre, et Henri Emmanuelli a obtenu sa peau. Le ministère des Finances occupait à l'époque plusieurs ailes du Louvre. Dans son bureau entouré de boiseries, Jean-Michel en costume trois-pièces me paraissait aussi décalé que parfaitement à sa place. J'ai une photo de lui prise dans cette belle pièce le 16 août 1982, dix jours après sa nomination. Il est assis devant son bureau sur lequel sont posés un téléphone gris clair à cadran rotatif et des crayons à papier. Je montre la photo à Raphaël :

« Il est beau, n'est-ce pas ?

— Il a un truc, oui. Il a une gueule. Ce n'est pas Alain Delon non plus. » Il est mélancolique et ça se voit.L'une de mes sœurs dit : « Papa avait beau être inspecteur des Finances, il ne savait pas remplir un chèque. » Elle exagère, mais il y a du vrai. Il manifestait une gêne au moment d'en signer un, comme s'il ne savait plus où donner de la tête. Son problème avec l'argent ne relevait nullement de la radinerie mais d'une générosité qui le débordait. Il assumait le fait d'être, à son échelle, un héritier. Il n'était pas hypocrite, il ne mentait pas sur ses moyens qui étaient corrects, sans plus. Il se passait du confort mais il aimait nous l'offrir s'il le pouvait. Il ne jouait ni au riche ni au pauvre. Il ne parlait pas d'argent, c'était tabou. Pourtant, s'il *trouvait plutôt des excuses aux gens*, c'est parce que sa lecture du monde était ourlée par le sens de la valeur de l'argent. Angle aveugle des portraits et des récits autobiographiques, l'argent sculpte la sensibilité et détermine en partie le degré de liberté que l'on ose conquérir en cassant quelques œufs. Pourquoi ceux qui ont beaucoup d'argent, lorsque je les rencontre pour un portrait, refusent-ils de raconter ce que cela fait de dépenser sans compter ? Murat me dit : « Tu sais, c'est compliqué de parler d'argent lorsqu'on est riche. » L'avidité qui compense un manque affectif, la peur de manquer (le réfrigérateur qui déborde), la hantise de dépenser pour se nourrir ou pour nourrir les autres (le réfrigérateur vide), la générosité des pauvres, la radinerie des riches, la prodigalité de celui qui craint de passer pour un pingre, la honte d'être riche ou d'être pauvre, la haine des riches de naissance aussi inadmissible que la haine des pauvres de naissance : l'argent structure un tempérament, et pas seulement ça. L'argent structure un corps, une peau, une allure. Après avoir été débarqué de la direction des Impôts en 1984, mon père fut nommé à la tête d'une banque nationalisée, la banque Worms, qui a investi dans l'immobilier et perdu près de 600 millions de francs lorsque la bulle a éclaté, au début des années 1990. Il a été poussé vers la sortie, a rejoint son corps d'origine à cinquante-six ans et repris ses tournées d'inspection à travers la France. Il s'est replié sur lui-même.

Catholique de gauche, il était père la pudeur. Il affichait sa réprobation des conduites marginales en ignorant qu'il habitait lui aussi dans les marges. La cécité face à ses propres écarts allait avec un manque de goût pour les romans, une réticence qu'il formulait, qu'il reconnaissait, dont il s'étonnait en se gardant d'en interroger les causes. Les fictions lui auraient fait concurrence, elles auraient déjoué ses tours et astuces pour esquiver et supporter le réel. Elles auraient endommagé ses boucliers, bousculé ses fantasmes et ses fantômes. Mon grand-père, en revanche, dévorait les romans. Peut-être était-il davantage en paix que son fils aîné avec la réalité ? Pourquoi ce goût n'a-t-il pas été transmis ? Il s'est bloqué en chemin, il a pris une dérivation. Clément pense que « ce n'est pas un problème de transmission. C'est plus profond que cela. Ton grand-père a peut-être essayé de lui ouvrir son appétit pour les fictions littéraires, mais pour aimer les romans, il faut être en mesure d'accueillir à l'intérieur ce qui se passe à l'extérieur. » Dans les années 1990, une publicité pour des yaourts disait *Ce qui se passe à l'intérieur se voit à l'extérieur*, et ce slogan un peu dégoûtant avait rendu célèbre ce laitage. Raphaël m'a montré l'autre jour une vidéo dans laquelle un professeur de lettres et écrivain, Emmanuel Godo, commente devant ses élèves l'expression *transfuge de classe* par laquelle est présentée désormais Annie Ernaux. Selon Godo, un élève qui s'en tient à cette appréciation sociologique ne parle pas de littérature. Mais si, à la place de transfuge de classe, il utilise l'expression *en porte-à-faux*, là, oui, il est prêt pour l'analyse des tensions qui traversent les textes d'Ernaux. « Écrire, c'est chercher à faire tenir ensemble des contradictions, expliquait-il encore. Le discours oral nous oblige à choisir : alors, c'est l'un ou c'est l'autre ? Eh bien justement, un texte littéraire permet de réunir l'un et l'autre. » Jean-Michel, lui, maquillait ces tiraillements.

J'ai rencontré Clément lorsqu'il avait vingt-sept ans et moi dix-sept. Il venait d'emménager dans l'immeuble où j'habitais depuis mes huit ans, chez ma mère et son mari. J'étais en terminale, Clément était un jeune conservateur de musée. Ma mère pensait qu'une rencontre au sommet s'imposait. Dans ses bons jours, Sophie est pourvoyeuse d'appétit de vivre. Elle y va gaiement, franco. Clément ne s'est pas dérobé, il m'a invitée chez lui, nous avons sympathisé et partagé un gâteau au chocolat. Clément est grand, un peu enrobé du haut du corps, gourmand, presque chauve, charismatique. Il parle en souriant et en dodelinant de la tête. Il a une voix qui peut monter haut. Il crée des effets : il accentue certains mots, fait mine de s'offusquer de ce qu'il vient d'entendre, prépare une chute comique en levant le doigt – attention, ça va tomber. Quelques secondes encore, et ça tombe. Son vocabulaire est précis, son registre de langue élevé. La repartie lui vient facilement. Il est affectueux, ses messages peuvent atteindre la longueur d'un chapitre de livre. Souvent il les clôt par : *Je te serre fort*, ou *Je t'embrasse tendrement*. Et quand je le vois, c'est vrai, on se serre fort. Il m'a appris une technique de lecture et de compréhension d'un texte. Elle consiste à rapprocher le premier mot du dernier mot d'un livre. Le résultat peut avoir du sens. Le jour de cette révélation, il m'a fait une démonstration. De sa bibliothèque, il a tiré un volume qui réunissait les pièces de Pierre Corneille rangées par ordre chronologique. Le premier mot du volume était *Je*, le dernier, *venger* : « Tu vois, ça donne *Je vengerai*. C'est extraordinaire. Tout le sens du théâtre de Corneille réside dans cette formule. » Un jour Clément m'a assuré que l'amour était l'essentiel d'une vie. Je l'ai compris ainsi : si tu rencontres quelqu'un que tu aimes et qui t'aime, c'est gagné, tu mènes pleinement une existence, tu tiens le bon bout.

Trouver des excuses aux gens, ne pas les juger, c'est avoir une lecture romanesque du monde. Jean-Michel restait à quai. Pourtant son ami le plus proche, Djuri, était romanesque. Juif d'origine hongroise, il chantait dans un cabaret situé dans une cave de la rue des Canettes, à Paris. Dans les années 1970, Chez Djuri ne désemplissait pas. Locuteur d'une dizaine de langues,

Djuri comptait dans son répertoire des chants tziganes, russes, arméniens, yiddish. Il habitait rue de l'Hôtel-Colbert, dans le même pâté de maisons que mon père – quelques semaines avant ma naissance, Jean-Michel a acheté un duplex au 1, rue de la Bûcherie, dans le Ve arrondissement. Djuri était le mentor de mon père. Jean-Michel s'est mis à la boxe grâce à et avec Djuri. Il chantait avec Djuri. Il aimait la chanteuse Nana Mouskouri, la musique tzigane, les chants basques et le negro spiritual interprété par le Golden Gate Quartet. Mes sœurs et moi avons assisté à plusieurs concerts de ce groupe. Assis avec nous dans les trois premiers rangs, mon père pleurait toutes les larmes de son corps. Cet invincible nageur, ce boxeur, ce cycliste exhibait autant sa résistance que son désespoir.

Parmi les livres préférés de Jean-Michel il y avait toutefois quelques romans, notamment ceux de François Mauriac, écrivain catholique et bourgeois. Je n'ai jamais entendu mon père critiquer le milieu dans lequel il fut élevé, ni lui reprocher d'être étouffant ou hypocrite. Mauriac faisait peut-être ces critiques à sa place. Autres livres de chevet de Jean-Michel : la Bible dans la traduction d'André Chouraki, *Eichmann à Jérusalem* de Hannah Arendt, *La Défaite de la pensée* et *Le Mécontemporain* d'Alain Finkielkraut, dont il m'a dédicacé les livres comme s'il en était l'auteur, *Chiens perdus sans collier* et *Il est minuit, docteur Schweitzer* de Gilbert Cesbron, des romans que personne ne lisait plus quand j'étais enfant ; *Les Misérables* et *Le Dernier jour d'un condamné*, *Le Mythe de Sisyphe*, *L'Étranger* et *La Peste*, *Knock* et *Les Copains*, *Les Thibault*, *Mort d'un commis voyageur*, qui le faisait pleurer ; la correspondance de Cocteau, *Sur la lecture* de Proust, mais pas *À la recherche du temps perdu*. Ce qu'il devait savoir de l'exploration proustienne de l'âme et du moi dépassait les bornes de ce qu'il accepterait d'entendre. Il avait aimé et acheté en plusieurs exemplaires le *Discours de Stockholm* de Modiano, alors qu'il n'avait pas lu un seul roman de cet écrivain. Je pense qu'en écoutant ce discours, ou plus sûrement en le découvrant retranscrit dans *Le Monde*, Jean-Michel a repéré des échos entre un auteur « prisonnier de son temps » et lui. « C'est beaucoup plus tard que mon enfance m'a paru énigmatique », a remarqué à Stockholm l'auteur de *La Place de l'étoile*.

Mon père m'avait offert *Le Crime contre l'humanité* d'André Frossard. Il admirait Jacques Maritain, intellectuel chrétien émigré à New York pendant la Seconde Guerre mondiale. Maritain s'exprimait sur les ondes de *La Voix de l'Amérique*, organe de résistance au nazisme et de propagande en faveur des Alliés. Après la guerre il fut ambassadeur de France au Vatican. Jean-Michel se rêvait peut-être en Jacques Maritain, catholique engagé. L'Amérique de mon père était celle qui avait défendu la France contre les nazis, celle de Spielberg. À Saint-Jean-de-Luz, Jean-Michel se déplaçait dans une jeep américaine que, mystérieusement, il conduisait très bien. Au volant et avec une casquette kaki sur le crâne, il était heureux. Son admiration allait encore à Alphonse Allais, à Feydeau et à Labiche. Une réplique de Labiche l'amusait beaucoup : « Comment peut-il faire si chaud dans une si petite ville ? » J'ai cherché en vain la pièce dans laquelle cette plainte est lâchée. Très tôt et souvent, il m'a raconté « Le Chat qui s'en va tout seul », un des contes d'*Histoires comme ça* de Kipling, qu'il a plus tard offert à Raphaël. C'est une fable sur l'indépendance. Le héros, un chat errant qui n'en fait qu'à sa tête, va et vient sans s'attacher à personne. On ne peut pas lui donner d'ordre. Jean-Michel était indifférent aux chats, il n'aimait pas particulièrement les chiens non plus, même si du temps de mes sœurs il a eu un teckel prénommé Nouille. Qu'aimait-il tant, dans l'histoire du chat de Kipling ? Le fait qu'on lui fiche la paix.

C'est mon père qui m'a expliqué, lorsque j'étais en cinquième, que si notre professeur de français citait cette phrase, *Parce que c'était lui ; parce que c'était moi*, ce n'était pas pour dire qu'il aimait les hommes mais parce que ces mots étaient de Montaigne, philosophe lié par une intense amitié à La Boétie. Mon père encore qui a attiré mon attention sur le fait que l'adjectif *habile* devenait *habileté* sous sa forme substantive et non *habilité*, comme je l'écrivais. Persuadée que Jean-Michel se trompait, j'ai continué d'opter quelques années pour *habilité* dans mes rédactions. L'été de mes cinq ans, il m'a appris à nager, en Crète, où nous étions partis pour les grandes vacances avec mes sœurs et mon grand-père mais sans ma mère. Le divorce était imminent. Dans la piscine de l'hôtel je flottais entourée des bras de mon père placés en arc de cercle, à quelques centimètres de mon corps. Il était concentré, comme s'il en allait de ma survie future. Avancer dans la vie comme un poisson dans l'eau, c'est tout le contraire de moi et de mon père, aussi. Jean-Michel ne plaisantait pas avec le sport et surtout pas avec la natation. Il était sérieux quand nous faisions la course ou lors de nos séances de boxe, moi protégée par ses gants dans lesquels mes mains flottaient, lui flottant dans son bas de survêtement. Dans la piscine, en Crète, en me familiarisant avec l'eau, je posais de temps en temps une main sur ses belles épaules. Je me souviens de la sécurité et de la séduction qu'elles dégageaient. Un père, un homme, c'est des épaules. Autour du cou je lui ai toujours vu une chaîne en argent à laquelle pendait une médaille en argent elle aussi, qui avait appartenu à sa mère. Ce bijou n'était pas un accessoire de bourgeois catholique, mais le talisman d'un homme qui pense à sa mère pour se retenir de faire un malheur.

Toujours en Crète, comme nous passions du temps en voiture, j'égayais les trajets en obligeant les passagers à chanter, selon mes consignes et à mon top départ, le générique de *Goldorak*. Le dessin animé était diffusé dans l'émission culte de ma génération, *Récré A2*. À une écrivaine intelligente, exaltée, entière, qui a perdu son père quand elle avait quinze mois, j'ai demandé récemment quels avaient été ses modèles masculins : « Goldorak. Il était orphelin, comme moi, solitaire et extrêmement courageux. » On aurait dit qu'elle parlait de Jean Moulin. Jean-Michel racontait à propos de ces vacances en Crète qu'en arrivant dans la chambre que nous allions partager lui et moi, j'ai choisi mon lit, j'ai sorti mes vêtements de la valise et je les ai disposés sur son lit à lui avec interdiction de les *déranger*. Chaque nuit, Jean-Michel veillait à ne pas bouger pour ne pas faire tomber mes habits. Je précise que j'étais vêtue n'importe comment, je n'avais aucune tenue précieuse, pas de vêtement à ne pas froisser. Une nuit il y eut un tremblement de terre, et mon père m'a fait remarquer le matin que les vêtements étaient restés en place. Que cet ordre soit préservé m'a fait plaisir. J'ai raconté plus tard cet épisode à une psychanalyste qui m'en a suggéré une interprétation. Jean-Michel aimait et connaissait les opéras bouffes d'Offenbach. Son film préféré était *Le Troisième Homme* de Carol Reed, surtout à cause du thème de Harry Lime, joué à la cithare. Il aimait à la folie et m'a emmenée voir deux fois *Les Blues Brothers*, sorti en France en 1980. On y entend et on y voit Ray Charles, Cab Calloway, James Brown, et bien sûr Aretha Franklin, qui chante *Think*. En tombant amoureuse à quinze ans du père de mon fils, j'ai enfin rencontré quelqu'un qui partageait les références culturelles paternelles.

J'accompagne un soir Murat dans une librairie où il achète le Cahier de l'Herne de Raymond Aron, puis nous allons dîner. Il me demande gentiment si mon livre avance. « Quand me le fais-tu lire, alors ? » Je n'ai pas encore annoncé à Murat qu'il comptait parmi les invités de mon récit. Il va falloir passer aux aveux, mais pas ce soir. « Et ta mère ? Elle n'est pas dans le livre ? Elle n'existe pas, ta mère ? » Si, elle existe, mais elle appartient à un autre monde que celui de mon père et ces deux planètes se marient mal. Sa famille et celle de mon père n'ont pas la même sensibilité aux enfants, au travail, à la fragilité des situations, à l'argent, à l'amitié, au plaisir, à l'Histoire, ça fait beaucoup. Murat me pose d'autres questions. « Comme mère, ressembles-tu à ton père ? » Pitié, j'espère que non. « As-tu envie que ton fils ressemble à ton père ? » Un peu, mais vraiment pas trop. « As-tu connu un grand amour ? » Oui, le père de mon fils. Je demande à Raphaël si je peux écrire deux mots sur son père dans mon livre. « Je ne sais pas. Il faudrait trouver le ton. » Deux mots, tout de même.

Jean, le père de mon fils, avait quatorze ans et moi quinze lorsque nous nous sommes rencontrés. Nous arrivions en classe de seconde. Notre histoire a commencé le jour de la rentrée et elle a démarré sur les chapeaux de roues, avec une amitié amoureuse. Jean faisait feu de tout bois pour nourrir son humour et surtout son ironie. Il décalait le quotidien vers quelque chose d'aérien. Là où je lisais de la gravité, il trouvait matière au pas de côté. Une photo prise l'année de notre rencontre dans un couloir du lycée saisit notre adoration mutuelle. Nous nous regardons avec tendresse, confiance, et nous rions. Après Jean, je n'ai plus autant ri en couple. Je n'ai plus jamais ri en couple tout court. Jean ne s'habillait pas comme les autres garçons. Il portait des chaussures en cuir et non des baskets, des chemises, un blazer, et à la place du sac à dos universel, il avait un cartable en cuir d'étudiant. La poignée était cassée, si bien qu'il le calait sous son aisselle. À quinze ans, Jean et moi étions avides d'émancipation et encore tournés vers nos familles, obstacles à l'émancipation espérée. La libération était mal partie. Sans le formuler, nous nous promettions de faire notre vie ensemble. À deux nous serions forts, l'un sans l'autre nous serions fichus.

Auprès de Jean je découvrais l'optimisme et le vitalisme. Je tenais enfin un homme aussi intelligent que Jean-Michel, dont l'ombre planait au-dessus de nous. Mon futur mari prenait ses marques sur Jean-Michel comme sur un second père. Je sentais que cette proximité nous jouerait des tours mais qu'y pouvais-je ? Il était sous son charme. Jean comprenait et aimait le personnage Jean-Michel. Il lisait en lui le menteur, le généreux, le gentil, le compliqué, l'individu bizarre mais exceptionnel, très intelligent, peu fiable malgré les apparences et très fiable tout de même. Nous nous éloignions des nôtres en nous jetant tête la première dans la famille de l'autre parce qu'à chacun elle paraissait exotique. Je découvrais grâce à Jean ce qu'était une famille de droite avec une forte conscience et une identité de classe, de sa classe à elle et de celle des autres. Chez moi, les frontières entre nous et les autres étaient *apparemment* floues, tandis que la famille de Jean insistait sur les coutures, les différences. Elle avait un imaginaire de la France et une culture qui m'étaient étrangers, composés de noms de ministres oubliés, de jeux de société, d'évocations de lieux, de charades fabriquées de mots savants ou désuets, d'aïeux officiers de marine, d'anecdotes grivoises. Chez moi, des deux côtés, on ne parlait jamais de sexualité ; chez eux, si. Mon existence se passerait avec le futur père de mon fils et avec personne d'autre.

En seconde, Jean avait encore des cheveux, blond cendré. Six ans plus tard il n'en avait presque plus. Il était en avance sur tous les points : il avait beaucoup lu, et des textes compliqués. Sa chanson préférée de Julien Clerc était *Elle voulait qu'on l'appelle Venise*, dont l'héroïne dégage une féminité sophistiquée. Dans la chanson de Julien Clerc, celle qui veut qu'on l'appelle Venise est un mélange de fébrilité et d'insouciance. Elle soumet sans méchanceté les hommes à ses désirs puis elle disparaît sans s'inquiéter de ne pas récupérer sa place au retour. Elle ne redoute pas l'abandon. Pour apprécier cette chanson, Jean avait-il un passé en amour ? Mon père disait : « Jean va si vite qu'il y a en lui un petit défaut de cuisson. » Pour mes dix-huit ans, Jean m'offrit *L'Érotisme*, de Georges Bataille.

Lorsqu'il sortait de chez lui, il emportait toujours un livre car il ne supportait pas d'attendre sans lire. En l'aimant, j'ai pris l'habitude de ne pas mettre le nez dehors sans emporter un roman. Lui ouvrait son exemplaire, moi je rêvassais, le texte à la main. Avant la naissance de notre fils, nous avons habité ensemble un petit appartement qui, de tous les lieux que j'ai connus, reste le seul dans lequel je me suis sentie si bien. Nous dînions dans les restaurants d'une chaîne qui a disparu, le Bistro Romain. Elle proposait des carpaccios de bœuf et des frites à volonté. Lorsqu'un intérieur était rouge, doré, pompeux, nous le comparions au Bistro Romain. C'était l'époque des décors chargés. L'été de nos vingt-trois ans, nous avons voyagé en Espagne et nous avons énormément lu, avant de nous endormir, ou pendant la journée en faisant des pauses dans les jardins publics et dans les cafés. Jean était plongé dans *Les Misérables*. Le soir, au lit, il me tournait le dos et pleurait à cause de Victor Hugo. À Madrid nous étions logés à l'hôtel Chinchilla. Après un jour ou deux nous avons compris que c'était un hôtel de passe. Les ressorts du sommier transperçaient le matelas tant ils avaient été sollicités. Ce fut un merveilleux voyage, alors que je venais de rater un concours pour la seconde fois. Nous sommes allés à Tolède, à Saragosse et à Ségovie, à Rome, à Venise, à Florence, en Dordogne et à Bordeaux, où nous avons eu un fou rire pour une raison que je ne peux pas dévoiler. Mon amie Emmanuelle part chaque année quelques jours dans une ville du sud de la France, un endroit lié au père de son fils : « C'est un lieu familier, plein de souvenirs mais sans nostalgie », m'écrit-elle un été. Moi, c'est le contraire, tous les lieux familiers déclenchent ma nostalgie.

Au début des *Émotions*, de Jean-Philippe Toussaint, le père du narrateur décède. L'enterrement a lieu à Bruxelles. L'ex-femme du narrateur, Elisabetta, arrive de Rome pour entourer son fils et son ex-mari. Elisabetta est sensuelle, « simple, rayonnante, solaire ». Beaucoup d'hommes aimeraient vivre avec Elisabetta. Pourquoi elle et le narrateur se sont-ils séparés ? Comment peut-on quitter une femme aussi délicieuse, aussi vivante ? L'auteur ne dit pas qui, d'elle ou du narrateur, a décidé de rompre. Elisabetta termine rarement ses phrases : « Elle laissait la situation en suspens, créant une gêne ou une attente pour ceux qui ne la connaissaient pas. » Après l'enterrement, le narrateur raccompagne Elisabetta à son hôtel et monte avec elle dans sa chambre, pour l'aider à porter son sac de voyage. Ils s'étreignent : « Je ne sais pas ce qui se passa alors, tout se poursuivit dans une réalité plus lente et comme ankylosée, j'embrassais Elisabetta et je ressentais une grande confusion mentale, les sentiments de deuil et d'amour mêlés dans mon esprit. J'étais en train d'embrasser Elisabetta, et c'était une sensation tout à fait inconnue qui m'envahissait comme si c'était la première fois que je l'embrassais, ou comme si j'étais en train d'embrasser pour la première fois une femme inconnue dans une chambre d'hôtel, mais en même temps, c'est toute ma vie qui remontait, de très loin, à la surface. C'est le passé que je sentais affleurer dans ce baiser, c'est notre histoire d'amour qui était en train de ressusciter sur nos lèvres. » Cette difficulté à se séparer, cette indéfectibilité du lien, je les envie. Je ne connaîtrai pas de telles retrouvailles avec Jean parce que quelque chose d'important entre nous s'est cassé, trop brutalement.

Lorsque la tension montait entre Dominique et moi, Jean m'envoyait souvent des messages pour, je crois, s'assurer que je tenais bon en présence de Raphaël. Au même moment sortait un album de chansons de Guy Béart réinterprétées par des artistes contemporains. La piste préférée de Jean était *C'est après que ça se passe*. Les paroles égrènent les sensations, les souvenirs, les interprétations qui surgissent dans l'après-coup d'une séparation. L'après-coup peut s'avérer magique et réparateur, comme il peut s'avérer redoutable. Il peut lisser les crises, effacer et masquer des aspérités. Grâce à l'après-coup, des vacances tendues se métamorphosent en moment de repos, sans aller non plus jusqu'à parler de plénitude. Mais la douleur d'un chagrin d'amour ne figure pas dans la liste des bénéficiaires de l'après-coup, et la chanson de Béart témoigne de la façon dont se creuse et s'approfondit la blessure au fil des ans.

En marchant des heures dans Paris, Jean et moi parlions de tout : de nos parents, de ses frères, de mes sœurs, de mon petit frère, de politique. À la fin d'une journée de cours je l'accompagnais chez lui, boulevard Pasteur. L'appartement était situé dans un immeuble des années 1970 qui s'étale autant en hauteur qu'en largeur. Depuis le salon, je voyais Paris, l'église Saint-Sulpice, le Panthéon, le dôme des Invalides. La chambre de Jean donnait sur des quais de la gare Montparnasse qui ne servaient apparemment pas à la circulation des trains, mais à entreposer des wagons, un no man's land perpétuellement en travaux. Le réfrigérateur était plein, l'ambiance était chaleureuse. Ses deux frères vivaient chacun dans un studio mais ils passaient tous les jours quelques heures boulevard Pasteur. Leur mère ne travaillait pas. J'observais l'énergie que dégagent trois fils couvés par une mère qu'ils subjuguent.

En 1993, j'ai présenté à Jean la maison de Saint-Jean-de-Luz. Il l'a aimée d'emblée, notamment parce qu'on y entre facilement, comme si elle était ouverte à tous les vents. Le chemin qui mène à la cour n'est pas clôturé et la porte de la maison, à cette époque, n'était jamais fermée à clé. Nous surnommons ce lieu *Habas*, ce qui en basque signifie « fèves ». C'était le nom d'une rue qui, autrefois, était proche de la maison et qui depuis a été rebaptisée. Habas fait une bonne première impression. La seconde l'est aussi, à condition de ne pas être trop regardant sur le désordre. Il y a deux camps dans la famille : les détachés, qui profitent de la maison tant que nous l'avons et que nous ne la vendons pas, et ceux qui n'iraient ailleurs pour rien au monde et redoutent le moment où la vente sera incontournable. Quand j'étais enfant, nous mettions à peine le nez à l'extérieur. Mes cousins et moi avons été élevés dans la mollesse des Bloch-Lainé. Même mon père, le sportif, ne m'incitait pas à bouger. La compétition, sportive ou scolaire, ne faisait pas partie de mes apprentissages. Le quartier dans lequel se trouve Habas est fait de petits pavillons et de HLM, il s'urbanise de plus en plus, il n'est pas joli, mais il se trouve à dix minutes à pied du centre-ville, un avantage. Depuis le jardin en pente douce on aperçoit un bout de la Rhune.

À peine Jean-Michel posait-il le pied à Saint-Jean-de-Luz qu'il devenait pleinement basque. Il adoptait l'accent du pays, ponctuait ses phrases de mots espagnols, achetait des yaourts au lait caillé vendus dans des pots en grès. Il en ouvrait plusieurs par jour, y ajoutait de la confiture de cerises et les replaçait dans le réfrigérateur tout juste entamés. Ensuite il n'y touchait plus et ce sont mes sœurs, mes oncles ou moi qui les jetions. Il revêtait une peau de mouton par-dessus un bleu de travail et posait sur sa tête un béret ou une casquette. Attention, il n'avait rien du Superdupont de Gotlib. Le franchouillard, ce n'était pas lui. Mais il se voulait basque et tenait à ce que cela se sache. J'ignore ce que venait faire dans cette panoplie le bleu de travail. Son accoutrement signait le début de l'épanouissement de son être sur la terre maternelle. Il chaussait des espadrilles dont il n'enfilait pas les talons, mettait en bandoulière un sac kaki US Army, et partait faire des tours de la ville dans sa jeep pour en rapporter *de bonnes choses à manger*. Jean-Michel a donné à l'avant-dernière de ses filles un prénom basque. En la baptisant ainsi, il l'a singularisée. Elle fut la *petite dernière*, avant que je ne prenne la place. Il m'a appelée Virginie parce que mes sœurs aimaient ce prénom, puis il se l'est approprié : « Virginie tu es ma vie », disait-il, ses yeux dans les miens. Virginie, c'est la vierge, la Vierge Marie. Mes deux autres sœurs ont des prénoms de leur génération. À elles aussi, mon père a assigné des rôles. L'une est la plus gentille, l'autre est la plus belle.

J'ai fait beaucoup d'expéditions en jeep avec Jean-Michel et ses amis. Nous partions pique-niquer en Espagne dans la montagne, ou à Hondarribia (Fontarabie), port de pêche frontalier où nous déjeunions de daurades baignant dans l'huile d'olive et entourées de gousses d'ail. J'avais des peaux de moutons sur le dos et sur la tête une casquette en tweed. Il s'arrêtait dans les *bentas* où il achetait des piments et du jambon cru. Le soir, après le repas, il lui arrivait de chanter en s'accompagnant à la guitare. Il était lyrique et ivre, la pente était glissante. Il commençait par *L'Addition*. Les paroles sont de Jean-Loup Dabadie, la musique de Michel Legrand.

Au Pays basque, les colombages des maisons sont rouges ou verts, chez nous ils sont rouges. La salle à manger fut longtemps la chambre de mon père avant qu'en 1989 ses frères et lui n'entreprennent de gros travaux en mutualisant les dépenses. La maison en a été métamorphosée après être restée une soixantaine d'années sans entretien. Avant ces réaménagements et avant que mon père ne se remarie, je dormais avec lui, dans son lit. Cela nous convenait à tous les deux, nous ne parlions pas de cette cohabitation nocturne, elle allait de soi. Le matin, de son côté du lit, je trouvais des pots de Fjord vides et des noyaux de cerises. Cette grande pièce s'ouvre sur une véranda. Aujourd'hui nous y prenons les repas, sur une table bleu canard qui fut peinte et laquée un été par ma tante et l'un de mes oncles. Dans une petite pièce mitoyenne de la salle à manger, on peut regarder la télévision depuis un lit transformé en canapé. Des verres et des assiettes traînent ici et là. Dans la famille, personne ne demande à un enfant de ranger. L'autorité ne s'exerce pas frontalement, et pas sur de tels terrains. Mais dans quelle famille l'autorité vise-t-elle à chaque coup le bon endroit ? Dans quelle famille la loi est-elle énoncée et exercée par la bonne personne ? Le salon est meublé d'un vieux piano, de deux fauteuils, d'un canapé Chesterfield qui appartenait à mon grand-père, rien de plus. Les chambres occupent les deux étages supérieurs, aucune n'est personnalisée. La moquette est trouée et, depuis trois ans, maculée de taches, notamment de déjections. Ce sont celles des chiens de l'un de mes oncles.

Dans cette galaxie Bloch-Lainé, le futur père de mon fils s'intéressait à moi, à mon père, et à mon grand-père. François ne racontait pas sa jeunesse, et je ne l'ai jamais interrogé sur son passé, si bien que je sais peu de choses sur lui, sur sa mère ou sur son père, qu'il aimait paraît-il beaucoup. Jean-Frédéric Bloch-Lainé était inspecteur des Finances et banquier chez Lazard. Rothschild n'est pas loin, finalement. Son grand-père était polytechnicien, ses deux grands-oncles étaient polytechnicien également pour l'un, inspecteur des Finances et premier président de la Cour des comptes pour l'autre. Sa tante, Lise Bloch, avait épousé Léon Blum en 1896. Elle fut la première des trois épouses de l'homme politique et la seule pour laquelle il n'eut pas une passion. Blum a été fou des femmes, mais pas de Lise. Elle était migraineuse et bas-bleu. C'est à elle que Blum a dédié un livre d'avant-garde épatant et qui fit scandale, *Du mariage*, publié en 1907. Léon Blum ne croyait pas qu'un couple, même uni par l'amour, puisse tenir si l'épouse n'avait pas connu plusieurs expériences sexuelles avant le mariage, alors que l'époux avait de l'avance sur ce terrain. Aux deux, il fallait une éducation amoureuse et sexuelle : « L'homme et la femme sont d'abord polygames, puis, dans l'immense majorité des cas, parvenus à un certain degré de leur développement et de leur âge, on les voit tendre et s'achever vers la monogamie. » La publication de ce texte surprenant de modernité fit scandale jusque dans ma famille, disait mon grand-père que cette affaire amusait. *Du mariage* fut publié au moment où éclatait en France une crise du mariage. L'historien Pascal Ory l'explique dans l'excellente préface qu'il a rédigée pour la réédition de ce livre. Léon Blum, dans les premières pages, prend des précautions : « Il m'est arrivé souvent de constater, comme tout le monde, par une suite d'expériences et d'observations quotidiennes, combien, dans le mariage tel qu'il est aujourd'hui pratiqué, le bonheur est fortuit et difficile. » En 1931, lorsque Lise Bloch est morte, Blum a épousé Thérèse Pereyra, qui était depuis plusieurs années sa maîtresse. Puis Thérèse Pereyra est morte et Blum a vécu avec Jeanne Levylier, qui était mariée à Henri Reichenbach. Avant cela, Jeanne Levylier avait épousé le célèbre avocat Henri Torrès et avait eu deux fils avec lui. Jeanne s'est unie à Blum lorsqu'il était prisonnier à Buchenwald, logé dans un pavillon en lisière du camp, avec Georges Mandel. Mandel fut assassiné par les Allemands ; Blum, non. Il est mort en 1950, Jeanne Blum s'est suicidée en 1982, avec des médicaments, dans la maison de Jouy-en-Josas qu'ils habitaient depuis 1945.

Physiquement, François ressemblait à Michel Foucault, cela ne fait pas un pli. Il riait énormément et de toutes ses dents. Elles lui mangeaient le visage. Ses quatre fils rient ou riaient de la même façon, en se gondolant. François n'était pas immédiatement chaleureux, tout en étant affectueux. Son look : il s'habillait sans effet de manche et plutôt comme un curé en civil, avec des Clarks noires ou marron, un pantalon foncé, une chemise bleue ou blanche avec de fines rayures qui venait de chez Brooks Brothers. Ce sont les chemises que portent les intellectuels américains de la côte Est et Woody Allen en particulier. François avait une curiosité pour tous les arts : le roman, le théâtre, la poésie, l'opéra, la peinture. Jusqu'à un âge avancé, il est allé trois ou quatre fois par semaine au cinéma. Il m'arrivait de le croiser vers Odéon ou Montparnasse, sortant du métro, clopin-clopant. Hors de question pour lui de rater des nouveautés. François était moderne mais il n'exhibait pas cette qualité. Nous ne pouvions que deviner sa fantaisie ou son excentricité. Il n'a pas développé de phobie de la bourgeoisie mais il a fait des pas de côté.

Dès ses dix-sept ans, élève à Janson-de-Sailly, il a milité et agi en faveur de ce qui s'appelait à l'époque l'éducation populaire, une expression teintée de paternalisme comme il le soulignait lui-même. Avec une troupe de théâtre formée dans les rangs des Scouts de France et dirigée par Jacques Copeau, les Comédiens routiers, il montait sur scène et partait en tournée dans les quartiers pauvres de la région parisienne. Il rédigeait des articles pour la revue *Jeux, tréteaux et personnages*. En 1930, il s'inscrivit à la Société des auteurs dramatiques après avoir écrit une « farce qui convient aux fêtes de bonnes œuvres », comme il la qualifie dans *Ce que je crois*. Il était, ajoute-t-il, « le jeune bourgeois allant au peuple ». Il aurait aimé devenir comédien mais un échec sur scène l'a refroidi.

Dans *Dîner avec Lenny*, le critique musical Jonathan Cott raconte la façon dont il a interviewé le compositeur et chef d'orchestre américain Leonard Bernstein. L'entretien a duré une douzaine d'heures et il s'est déroulé de nuit, chez Bernstein. En 1979, après avoir assisté à la *Neuvième* de Beethoven dirigée par Bernstein au Carnegie Hall, à New York, Jonathan Cott, qui n'avait pas encore rencontré le maestro qu'il devait interroger, se rend dans une boîte de nuit mythique, le Studio 54, à quelques rues de la salle de concert new-yorkaise. Cott s'agite sur *Love to Love You Baby* lorsqu'il est bousculé par un type torse nu sous son blouson de cuir : « Le maestro-Dionysos lui-même ! » Cigarette aux lèvres, Bernstein tourbillonne : « C'était, dans tous les sens, la nuit de la magie et de la joie. » À la place de Bernstein, je vois bien François. Lui aussi aurait pu s'élancer sur un dancefloor après avoir remis un rapport soporifique à une administration quelconque. Cette échappée belle lui va comme un gant. *Ravelstein*, de Saul Bellow, brosse un portrait déguisé et admiratif de l'intellectuel et érudit américain Allan Bloom, né en 1930 et mort en 1992. Bellow et lui étaient amis. Allan Bloom, supérieurement intelligent, était un pédagogue hors pair, professeur à l'université de Chicago. Il était spécialiste de Jean-Jacques Rousseau, de Shakespeare, de Tolstoï. Fils de travailleurs sociaux, il était intensément actif. Saul Bellow écrit : « Il vivait selon ses idées. » En 1987,

Bloom avait publié un essai qui fit du bruit, *The Closing of the American Mind*, traduit en français sous le titre *L'Âme désarmée*. Bloom y constatait le déclin de la culture générale en Occident et regrettait le relativisme et l'égalitarisme qui commençaient à pénétrer dans les campus américains. Comme Allan Bloom vu par Saul Bellow, donc passé au tamis du romanesque, François était un intellectuel original, libre et secret. Comme Bloom décrit par Bellow, François marchait énormément lorsqu'il était en voyage dans une métropole. Il aimait la musique classique, les romans, la culture, et l'ironie. Appartenant à la génération des reconstructeurs de la France, il travaillait à l'établissement de nouvelles normes pour le pays. Conformisme et affranchissement, il cheminait avec les deux.

François fut enterré à Saint-Jean-de-Luz en 2002. Après la cérémonie, qui se tint dans l'église de la rue Gambetta, nous avons accueilli du monde à la maison, de la famille, des amis de mon grand-père, de mon père et de mes oncles. Un homme que je n'avais jamais vu, petit et menu, est venu se présenter à l'une de mes cousines et à moi, qui formions un binôme au rez-de-chaussée de la maison. Nous ignorions son existence et son identité, il le savait et connaissait chacun des petits-enfants de François. Mon grand-père, nous a-t-il expliqué, lui avait montré nos visages sur des photos, et décrit nos caractères. François s'était-il montré indulgent en dressant ces portraits ? La scène fut aussi embarrassante que jolie et importante.

Si l'humour de mon grand-père empêchait de l'identifier à un moine, sa chambre ressemblait bien à une cellule : un crucifix était cloué au-dessus de son lit, seul meuble de la pièce ; avec une chaise, peut-être aussi. Ce n'était pas un intérieur bourgeois chichiteux, maniéré, précautionneux. Aucun napperon ne protégeait les meubles. Il y avait beaucoup de livres et de photos de ses fils. Le lieu était biscornu, bas de plafond, et charmant. Il se trouvait rue de l'Hôtel-Colbert, dans le Ve arrondissement. On l'atteignait en traversant une jolie petite cour puis en montant un escalier en bois très étroit dont les marches étaient bancales. Une porte vitrée tenait lieu de porte d'entrée chez mon grand-père, si bien qu'on le voyait s'approcher pour nous ouvrir. J'aimais cette impression d'être chez lui avant même d'y pénétrer. Il ouvrait la porte en souriant de toutes ses dents. Adolescente puis jeune adulte, je dînais régulièrement en tête-à-tête avec François. Le menu était austère, on ne doit pas servir autre chose dans un évêché : soupe de tomates industrielle, escalope panée, épinards, un Flanby pour le dessert et pour la route.

Depuis la rue de la Bûcherie, nous étions *chez grand-père* en trois minutes. Jean-François, l'un de mes oncles, médecin, entrait chez François sans passer par la rue puisque son appartement se trouvait dans le même immeuble (mais Jean-François entrait chez lui par la rue des Trois-Portes, perpendiculaire à la rue de l'Hôtel-Colbert). À la fin de la vie de François, son fils lui rendait visite tous les soirs. Jusqu'en 1973, mon père, mes sœurs, mes oncles, leurs femmes et leurs enfants habitaient rue de l'Hôtel-Colbert. À une amie à laquelle je décris cette organisation vient une remarque inadéquate : « C'était le shtetl du Ve arrondissement. » Encore ce *Bloch* qui induit en erreur. Avant que François et ses fils s'installent là, mon père, ses frères, la mère de mes sœurs et mes sœurs logeaient rue de Lille, à la Caisse des dépôts et consignations que François a dirigée entre 1953 et 1967. Selon Jean-François, pour que tout le monde ait une place, « les salons de la rue de Lille étaient transformés en dortoirs ». Lorsque Jean-Michel a rencontré Sophie, l'heure du séparatisme a sonné. Mes parents ne sont pas partis bien loin, ils ont emménagé à trente mètres de là.

Dans l'immeuble qu'habitaient François et Jean-François vivaient également Djuri et sa famille, et Samuel, mon meilleur ami, scolarisé dans la même école que moi. Lucien, le père de Samuel, était psychiatre et psychanalyste. Lucien, un homme réservé, avait été analysé par Jacques Lacan, ce qui lui conférait à mes yeux du prestige autant qu'une infirmité. Lacan, tout de même, ce n'était pas n'importe qui à la fin des années 1970. Mais si j'en croyais mon père, Lacan c'était peut-être n'importe quoi. Jean-Michel disait du mal de ce maître à penser dont cependant il ignorait tout ou presque. Ne ratant pas une occasion de casser du sucre sur le dos des psychanalystes, il rappelait souvent que Djuri avait sauvé la vie de Lucien : menacé d'un couteau par l'un de ses patients, il avait crié et Djuri heureusement l'avait entendu à travers la cour. Il avait débarqué à la vitesse de la lumière et arraché l'arme des mains du patient. J'aimais cette scène à la James Bond parce qu'elle contrastait avec la personnalité de Lucien, un rêveur, un double de Pierre Richard dans *Le Grand Blond avec une chaussure noire*.

La légende dit aussi que Djuri avait ensuite appris à Lucien (qui pourtant pratiquait le karaté) quelques mouvements de boxe pour se défendre. Mon père voyait dans cet épisode la preuve que les psychanalystes étaient fous, et non la preuve de la folie ou de la détresse des gens. Mauvaise foi typique de Jean-Michel. Cependant, même les enfants de psychanalystes se méfient des psychanalystes. Un matin, la psychologue de l'école où Samuel et moi étions élèves a distribué en classe une feuille vierge sur laquelle nous devions dessiner *ce qui nous passait par la tête*. Samuel a d'emblée refusé de s'exécuter et m'a conseillé d'imiter sa rébellion : « Ne dessine rien. Elle va analyser ton dessin alors que tu n'es pas sa patiente. Tu ne lui as rien demandé. » Samuel avait raison, c'était de l'analyse sauvage et à la petite semaine. J'ai posé mon crayon que ni la psychologue ni la maîtresse ne m'ont obligée à reprendre. Une autre lecture de la scène est possible : Samuel a réagi avec la cuistrerie d'un enfant d'intellectuel qui sait tout sur tout et je l'ai suivi dans sa forfanterie parce que je lui faisais confiance, ou parce qu'il habitait le même pâté de maisons que moi et donc que mon père, mon protecteur, mon complice. Par ce voisinage, Jean-Michel était accroché à la semelle des chaussures de Samuel quand nous arrivions en classe le matin.

Chrétien et catholique social, François Bloch-Lainé n'était pas juif aux yeux de Vichy puisque ni sa mère ni son père ne l'étaient, et qu'il n'avait qu'un seul grand-parent juif, sa grand-mère paternelle. En revanche, il fut signifié à Jean-Frédéric Bloch-Lainé, le père de François, qu'il n'était pas tenu pour complètement français puisque sa mère était juive. François entra dans la Résistance en 1944. Il a raconté dans un livre intitulé *Profession fonctionnaire* sa réaction à l'arrivée de Pétain au pouvoir. Il n'a pas d'emblée jugé Vichy « illégitime » : « Je n'ai jamais été parmi les résistants de choc. Bien qu'inscrit d'office, en 1944, à l'Amicale-Action et médaillé, je n'ai jamais été actif dans une association d'anciens résistants. » Son témoignage provoque mon étonnement mêlé à de l'admiration pour sa franchise. Dans sa contribution à une journée d'études consacrée à mon grand-père et organisée après sa mort, l'historienne Alya Aglan écrit : « Lorsqu'il fait état de ses souvenirs de résistance, François Bloch-Lainé conserve toujours un ton mesuré, presque distant, comme s'il voulait signifier que cela n'a jamais été la grande affaire de son existence, même s'il apparaît *a posteriori* évident qu'il s'agit d'un point de rupture biographique, qu'il souligne de façon laconique dans *Ce que je crois* : "Mon histoire n'est significative qu'après 1944." » Alya Aglan poursuit : « La résistance de François Bloch-Lainé ne se manifeste pas en termes d'engagement mais en termes de devoir, ou de service rendu à l'État clandestin, sans rupture majeure, semble-t-il, avec le travail accompli antérieurement ou ultérieurement à la période considérée. » La révolte, l'engagement, l'insoumission ne faisaient partie ni de son vocabulaire ni de son tempérament. Il privilégiait la continuité à la rupture. Peut-être même fuyait-il la rupture. Cette ligne de conduite légaliste est celle que mon père a respectée en partant faire la guerre en Algérie alors qu'il était un partisan de l'indépendance. Jean-Michel n'a pas déserté, il n'a pas non plus accepté le coup de pouce qu'un ami de François lui proposait pour rester en métropole. Il a voulu donner de sa personne à l'État, même pour une cause qu'il ne partageait pas. Mon grand-père est demeuré fonctionnaire sous l'Occupation, y compris quand il fut nommé financier de la Résistance par le délégué de la France libre, Alexandre Parodi, en 1944. Avant cela, il n'a pas envisagé de rejoindre de Gaulle à Londres : « À la veille de la guerre, je n'affichais pas de parti pris déclaré. Pas plus sur la non-intervention en Espagne et sur le lâchage de Munich que sur les tendances exerçant le pouvoir. Je n'avais donc pas cultivé des convictions propres à me mettre en éveil, dès l'institution de l'État maréchaliste, au point de faire de moi un irrédentiste total. »

Retenu prisonnier à Nancy, il fut libéré en août 1940. Il a raconté la suite avec la même honnêteté : « Nombre de nos congénères étaient dans les allées du nouveau pouvoir [...] Il n'était pas question pour moi de quitter la France, de rejoindre une dissidence dont je ne savais rien encore, alors que mon père – chef des missions d'achat aux États-Unis – était rentré. J'avais déjà trois enfants. Il s'agissait pour moi, comme pour tant d'autres, de retrouver une assise dans mon métier. » Son père, Jean-Frédéric, était rentré de New York où il travaillait, par patriotisme et pour passer la guerre près des siens. Fils d'une mère juive, il se mettait en danger. Vichy a proposé à François d'établir un inventaire de l'industrie française. Quand il a reçu la confirmation que l'audit était demandé par les Allemands et qu'il leur servirait, François a tourné les talons et trouvé un placard doré à la direction du Trésor. Il y fut chargé de travailler à une réforme comptable : « J'étais ainsi dans une tâche qui ne me posait pas de question. » À partir de 1944, il a géré les fonds de la Résistance dans le cadre du COFI, le Comité financier de la Résistance. Il a tenu les comptes avec rigueur, ce qui a permis à la France d'emprunter de l'argent. Dans *Ce que je crois*, il commente en ces termes son activité : « On n'échappe pas à sa spécialité, non plus qu'à sa glèbe. Ma glèbe à moi, c'est toujours le macadam. Pas de maquis campagnards dans mon aventure, que d'autres ont connus, même dans les environs de Paris. Ma fonction m'attachait à l'asphalte, à pied ou à bicyclette, de rendez-vous en rendez-vous, portant des colis scabreux, discutant dans la rue avec des "dépensiers", comme de derrière un guichet, prenant des notes, tenant les comptes dans la marge de pages de romans. » Après la Libération, François a refusé de participer à l'épuration. Nommé directeur du Trésor en 1947, il a remis en marche les finances de l'État avec d'autres fonctionnaires. De Gaulle lui a proposé trois fois d'être ministre, trois fois il a refusé. Deux phrases de l'autobiographie de mon grand-père me frappent, tout en ne m'étonnant pas, au regard de ce que je sais de lui : « Ma descendance pense et fait ce que bon lui semble. Elle est assurée par avance, quoi qu'elle pense et fasse, de ma tendre bénédiction. »

Maryvonne dit : « Ton père avait hérité de la génération précédente et de ton grand-père en particulier une confiance en l'État. Il y avait de quoi : après la guerre, c'est l'État qui reconstruit la France. Tu me dis qu'il ne s'est pas aperçu du changement de paradigme, que ses espérances ne tenaient plus debout ; je dirais plutôt que l'État n'a pas tenu le coup. Est-ce avec Pompidou ou avec Giscard qu'il a cessé de tenir ses promesses ? Je réfléchis à voix haute en parlant avec toi... C'est avec Mitterrand ! Les années Mitterrand c'était quand même le double langage, et open bar pour le pognon. » Selon Maryvonne, par ailleurs, « Jean-Michel était l'homme parfait. Je ne suis pas tombée amoureuse de lui parce que je venais de me marier lorsque je l'ai connu, mais j'aurais pu. » Maryvonne a de longs cheveux noirs, un beau sourire et une vivacité qui peut bousculer. Sans vouloir blesser, si elle estime que vous lambinez, elle dit « Mais enfin, c'est évident ». Elle utilise ici et là des mots d'argot. Elle n'est pas agressive mais, comme elle se qualifie elle-même, *balourde et cash*. Ses tenues vestimentaires sont originales. En cette fin de journée très chaude à Paris, elle porte une minijupe en jean, un tee-shirt noir en tulle et aux pieds des chaussettes fines, sortes de mi-bas qui dépassent des bottines.

Jean-Michel ne disait pas un mot de la part juive des Bloch-Lainé, ni de la judéité de ma famille maternelle, qui était aussi ma judéité. Ce silence était parallèle à un attachement clinquant à la religion catholique et à sa camelote. Motus et bouche cousue d'un côté, insistance de l'autre, un seul et même problème. Dans le livre qu'elle a consacré à l'écrivain Aharon Appelfeld, Valérie Zenatti raconte qu'au moment de dédicacer ses livres en France, dans les librairies, Appelfeld « demandait parfois directement en anglais *Are you Jewish ?* » La réponse pouvait être *oui.* « Et il y avait aussi la mine désarçonnée de ceux qui répondaient *Non, pas du tout*, et je le soupçonnais de poser la question pour saisir ce frémissement, cet air surpris et parfois désolé, car dans les questions qui l'ont accompagné toute sa vie il y avait comment être juif mais aussi comment faire face à la question de ne pas l'être. » Mon père n'aurait pas fait la queue pour obtenir de l'auteur d'*Histoire d'une vie* une dédicace puisqu'il ne lisait pas de romans. Imaginons cependant qu'il ait fait la queue. Il n'aurait pas seulement été désarçonné par la question de l'écrivain israélien, il se serait braqué. Je raccroche cette difficulté à une autre : la douleur laissée par la disparition précoce de sa mère. Il parlait souvent d'elle mais sans rien en dire de précis. Il n'en disait que ce qu'il voulait. Sa mère était catholique et pratiquante. La religion juive aurait-elle fait écran entre sa mère et lui ?

Autre caractéristique de Jean-Michel, la tendance au mensonge par omission.

En 1979, mon père a demandé à Jean-Marie Lustiger de me baptiser. Il le connaissait grâce à mon grand-père. Un Juif converti allait effacer le judaïsme en moi. L'homme d'Église venait d'être nommé évêque d'Orléans. Mon père m'a fait rater un jour d'école et nous sommes partis en semaine à Orléans avec ma sœur, celle qui porte un prénom basque, que mon père avait choisie comme marraine. Mon parrain était un ami de mon père que je n'appréciais pas particulièrement ; l'hostilité était réciproque. C'est dans la cathédrale d'Orléans qu'en août 1940 Aron Lustiger fut touché par la grâce et se convertit au catholicisme. Ses parents, qui avaient désapprouvé son choix, se convertirent peu de temps après pour échapper aux lois antijuives. Sa mère fut arrêtée en septembre 1942, déportée et exterminée à Auschwitz. À la mort de Lustiger, en 2007, le kaddish, la prière des morts dans la religion juive, a été récité.

Le jour du baptême, Jean-Michel m'a placée devant le fait accompli ; j'ignorais la célébration qui m'attendait. Cet épisode a semé la discorde entre ma mère et mon grand-père maternel. Il s'est senti trahi, et n'a plus adressé la parole à ma mère pendant un an. Au moment de leur mariage, Jean-Michel et Sophie s'étaient mis d'accord pour ne m'élever dans aucune des deux religions. D'une certaine manière ils ont respecté ce serment car je suis ignare. Le baptême fut célébré en catimini alors que ma place était en classe. À ce souvenir se superpose celui de mon mariage avec Dominique, expédié quasiment en l'absence d'amis. En entrant dans la cathédrale d'Orléans (« la plus laide de France », écrit Proust dans *Sodome et Gomorrhe*), j'ai testé mon écho en parlant très fort. Elle était vide, c'était maintenant ou jamais. Ma voix a fantastiquement résonné. Confectionneur de bombes à eau qu'il balançait sur la tête des passants, Jean-Michel aurait eu mauvaise grâce de me demander de me taire et il ne l'a d'ailleurs pas fait. Le coup d'arrêt est venu de Lustiger. Il est sorti de je ne sais où, et sans que je le voie arriver il a crié, il m'a rappelée à l'ordre avec sa froideur légendaire. Je l'ai immédiatement pris en grippe. En 1983 Lustiger a été fait cardinal. Mon père m'a demandé de rédiger un mot de félicitations. J'ai eu une idée, j'ai écrit : « J'espère que vous serez bientôt pape. » Formidable, dit mon père. Nous avons envoyé la missive telle quelle à Lustiger.

Jean-Michel incarnait sans vergogne le bigot. Ma mère dit qu'il voulait me savoir baptisée au cas où il m'arriverait quelque chose l'un de ces jours. Si je mourais sans être bénie et alors que lui-même était vivant, il s'inquiéterait de l'accueil qui me serait réservé là-haut. Quand nous entrions dans une église, son air était des plus graves et il était interdit de rire de son rôle de composition. Son attitude ne relevait pas du conformisme, mais de l'exubérance. Même une fois passée la crise théâtrale (il se signait avec une mine dramatique), il valait mieux ne pas plaisanter. Après le baptême, mon adoubement, mon père s'est mis à me rapporter de ses déplacements des crucifix et des mini-Vierges. À Venise il m'a acheté un chapelet parfumé à la rose qui sentait le désodorisant pour vécés. Il m'adressait par courrier chez ma mère les textes des grandes prières. Notre correspondance restait secrète.

Son obsession de la religion m'a éloignée de mon père, mais il en est que la foi rapproche. Prenons Murat. Il a une femme dans sa vie, « elle est là en pointillé » précise-t-il, donc il reste un peu de place à ses côtés. Il se plaint de ne pas pouvoir discuter avec elle des livres qu'il aime. Elle lit peu ; lui, beaucoup. Ils partagent deux sensibilités, l'amour des animaux et la culture catholique. Leur intimité à travers la religion est récente : à la campagne ils sont entrés dans une église. « Nous nous sommes assis sur un banc, nous n'échangions pas un mot parce qu'on ne se parle jamais beaucoup, mais elle éprouvait la même chose que moi, j'en suis sûr. » Murat est très occupé en ce moment. Les virus se multiplient comme des petits pains, plus que jamais le monde a besoin d'urgentistes alors que les médecins quittent l'hôpital public pour le privé ou pour devenir coachs, par exemple, ou pour ouvrir des bistronomes. L'une de mes sœurs, la plus piquante, tombe sur une photo de Murat, dans un journal. Elle le trouve « très bien de sa personne ». Elle prend une photo de cette photo, et l'envoie à ma sœur aînée, souvent à cran quand il s'agit des hommes : elle ne le trouve *pas si bien que ça*. Mon idée sur Murat se situe entre les deux. Je demande au chef des portraits, au journal, ce qu'il en pense. Est-il bien, Murat, physiquement ? « Il est plutôt très bien, non ? Mais demande à tes sœurs parce que je ne suis pas bon juge. »

Raphaël et moi marchons souvent dans Paris. Nous empruntons les rues qui entourent le

Panthéon vers l'église Saint-Étienne-du-Mont, puis nous descendons de la montagne Sainte-Geneviève jusqu'à la place Maubert, pas loin de la rue de la Bûcherie. « J'aime la toponymie de ce quartier. Prends les rues Clovis, Clotilde et Clotaire : tu as le père, la mère et leur fils, tous les trois réunis dans ce si joli morceau de Paris. C'est charmant. » Raphaël ne verse pas dans le lyrisme, c'est un garçon mesuré. Je ne sais plus comment nous en arrivons à évoquer Dominique. Raphaël me dit : « À partir du moment où tu l'as rencontré, tu es devenue plus vivante. » Ensemble nous ne discutons jamais longtemps de Dominique. Nous n'en avons sans doute pas envie, bien que nous parlions beaucoup, Raphaël et moi. Récemment un jeune acteur est mort d'un accident de ski. Dans un portrait de lui que mon journal republie à cette occasion, je lis que l'acteur avait un lien *étonnant* avec sa mère, « Comme s'il poursuivait chaque jour avec elle une conversation entamée à sa naissance. » Malgré ma peur superstitieuse de prendre pour exemple un homme mort jeune dans un contexte tragique, je dis à Raphaël que j'ai la même impression en ce qui nous concerne : nous maintenons une discussion ininterrompue. « Mais oui, maman. » Je n'oublie pas que dans certaines familles, la mère est l'homme à abattre. Alain Finkielkraut et son épouse Sylvie Topaloff me disent : « Ton fils, pour toi, c'est le Messie. » Ah bon ? Alain et Sylvie me surnomment Madame Ah bon.

J'ai connu Alain et Sylvie en 2020, au début du mois de juillet, par l'intermédiaire d'un roman de Philip Roth (pour le dire vite). J'ai discuté avec eux pour la première fois dans un café. Je n'ai pas dit grand-chose, eux non plus. J'étais prise par la tempête que Dominique traversait, que nous traversions, et qui ne ressemblait à rien de ce que j'avais déjà vécu. Je m'apprêtais à partir trois semaines dans le sud de la France avec mon fils et son amie. Deux mois plus tard, début septembre, je suis invitée à déjeuner un dimanche chez Alain et Sylvie. Dominique m'accompagne, il a la tête ailleurs. À table il est question de *Yoga*, depuis peu disponible en librairie puisque c'est l'époque de la rentrée littéraire. Dans ce livre Emmanuel Carrère raconte sa dépression et son admission, à sa demande, à Sainte-Anne, pour s'éviter le pire. Dominique et moi masquons notre angoisse partagée bien que différente dans sa nature. Sylvie me dira ensuite n'avoir rien remarqué d'étrange. Dominique s'est suicidé cinq jours plus tard. Ce qui me lie à Sylvie et Alain prend notamment sa source dans ce chevauchement – le déjeuner au cours duquel Dominique et moi jouons la comédie face à la solidité de Sylvie, que je perçois. Cette interférence cimente ma confiance en eux : après avoir été les témoins de ce moment, ils peuvent en voir d'autres – d'autres cataclysmes, ou d'autres hommes dont je suis éprise. Deux jours après la mort de Dominique, Alain me téléphone. Je réponds précisément à ses questions précises, il pousse des cris. Je le connais peu mais je l'imagine à l'autre bout du fil, la tête couchée dans une main, les yeux clos, le buste rabattu sur les genoux.

Deux ans plus tard, notre amitié est solide, et j'invite Sylvie et Alain à déjeuner chez moi, un samedi, avec Murat, qui refait surface. Sylvie arrive avant Alain. Elle est avocate. Qu'elle sache et qu'elle aime défendre les autres compte pour moi. Elle est presque entièrement de moutarde vêtue : son étole, son pull et son manteau sont moutarde, c'est la colonelle Moutarde. Murat est intimidé. Il porte un costume, comme s'il se rendait à une réunion. Il raconte à Sylvie des anecdotes sur sa vocation de médecin et sur ses parents, médecins eux aussi. Il ne décolle pas de son histoire officielle, que Raphaël et moi connaissons. L'interphone sonne, Raphaël répond, appuie sur le bouton qui ouvre la porte, mais Alain reste coincé dans le hall. Il pousse, il tire, rien ne se passe. Premier numéro d'une série. Gai comme un pinson, Raphaël descend l'aider. Dès qu'Alain entre, ça déménage. Il est presque aussi haut que le plafond de l'appartement, qui est bas. Son cartable ouvert déborde de livres. Il revient de l'enregistrement d'une émission de radio autre que la sienne. Nous nous mettons à table. Alain ne touche pas au gratin dauphinois car la crème le dégoûte. Il refuse le riz que j'ai préparé *in extremis* pour remplacer le gratin : « Ce riz est trop blanc. » Sylvie le rabroue pour la forme : « Attends, Alain, n'emmerde pas le monde. » Le spectacle commence, Alain est aux anges et au centre de l'attention. Murat est déconcerté par l'absence de manières d'Alain et de Sylvie. Il ne doit pas être habitué à une telle indifférence à l'étiquette. Il s'attendait peut-être à trouver une épouse discrète secondant un académicien académique, or Sylvie, drôle, intelligente, bavarde, dégage le meilleur du féminisme. Elle rit avec, et de son mari. Comme un enfant, Alain espère s'amuser et que l'on s'amuse avec lui. Ce jour-là son premier partenaire de jeu est Raphaël, spectateur conquis.

« C'est un enfant », me fait remarquer mon fils dans la cuisine en rapportant quelques plats. Il est enchanté, lui qui, à seize ans, en est encore un. Alain nous raconte ses déboires avec les comiques de France Inter qui le « conchient » et l'insultent depuis un mois sur l'antenne, sans que la direction les freine : « Un jour, ils viendront faire caca dans le studio de *Répliques* ! » Raphaël redouble de joie, Alain s'en aperçoit, il est ravi. Encouragé par cet adolescent bouclé, intelligent et sympathique, Alain en remet une couche et une autre encore. Je pleure de rire, Raphaël, n'en parlons pas. Murat semble content mais il se retient d'entrer dans le mouvement. Il est perdu, il picore ce qu'il a dans son assiette, ne boit pas une goutte. Lorsque les Finkielkraut s'en vont et que nous débarrassons la table, Murat reste et m'aide à débarrasser. Il est sonné.

Alain est un comédien auquel Sylvie donne la réplique. Il est doué pour les imitations. Lorsqu'il défend l'indéfendable, elle hurle, alors il marmonne et bat en retraite. Jean-Michel était le roi des imitations. Non sans perfidie, il mimait ses quatre filles. Quand il me prenait pour modèle, il marchait en bombant le torse comme si j'étais chef de quelque chose ou commandante de je ne sais quoi. La pratique de la danse classique me faisait cambrer le dos mais je n'étais chef de rien du tout. En 1984, j'ai fait un spectacle de danse à la Mutualité Française, dans le Ve arrondissement. Nous étions habillées de pantalons bouffants et de justaucorps, et nous dansions sur *Sweet Dreams*, d'Eurythmics. Du début à la fin de la représentation, j'ai vu mon père secoué de rires et essuyant ses larmes. Sa joie moqueuse a redoublé lorsque notre professeure, qui s'appelait Georges, a bondi sur la scène. La moquerie de mon père ne m'a pas plu. Jean-Michel imitait les parents de certains de mes camarades après les avoir aperçus à l'école, je n'aimais pas ça non plus. Une de ses cibles était un psychiatre volubile et savant, traducteur de Freud dans la Pléiade. Mon père avait remarqué son ton prétentieux et en avait fait son miel. Ses commentaires n'étaient pas méchants, mais ils m'agaçaient, car j'avais de l'affection pour Martin, le fils du psychiatre érudit.

Comme si j'appartenais à une lignée de circassiens, Jean-Michel me passait commande de numéros. Je tirais bien mon épingle du jeu. Il aimait me voir imiter le hautain Giscard et chanter les titres du hit-parade, *L'Oiseau et l'enfant* de Marie Myriam, lauréate de l'Eurovision en 1977, *Être une femme* de Michel Sardou, un succès de 1981. Je récitais, en y mettant tout mon cœur et l'accent du Sud, « *O Magali, ma tant amado* », un poème du Provençal Frédéric Mistral appris en classe de cinquième. Comme imitateur, Jean-Michel démarrait au quart de tour, inventait des personnages, montait en un rien de temps un spectacle de poche en sautant de l'un à l'autre. Dans son panthéon se trouvaient Popeck, Raymond Devos, Pierre Dac. Il m'a offert tous les livres de Woody Allen, parmi lesquels *Dieu,*

Shakespeare et moi et *Pour en finir une bonne fois pour toutes avec la culture*. Ce qui enchantait mon père d'une manière générale, c'était la fantaisie, les manières d'hurluberlu, les mots d'enfants, l'emploi inapproprié d'un terme, les situations incongrues. Quand il devenait un autre sous l'effet de la colère, ses sourcils se plaçaient de travers, son regard devenait dur. La boxe avait fait de son visage de la pâte à modeler. Jusqu'à un âge avancé il a exercé ses poings dans un club parisien et sur un sac pendu à un arbre du jardin à Saint-Jean-de-Luz. Son champion, le boxeur qu'il préférait et auquel il s'identifiait, était Sugar Ray Robinson, celui que Mohamed Ali surnommait *The Greatest*. Mon père était fier d'appartenir au monde de la cogne. Heureusement je ne l'ai jamais vu se battre sur un ring. Avec qui réglait-il des comptes ? Lorsqu'un documentaire sur Sugar Ray Robinson a été diffusé à la télévision dans les années 2000, mon père l'a copié sur une dizaine de cassettes VHS, je ne sais comment ni grâce à qui puisqu'il était incapable de la moindre manipulation de ce genre. Il nous a distribué les cassettes pour nous transmettre sa passion. Dans le milieu pugilistique, il faut un surnom. Mon père en avait trouvé un pour Raphaël : Kid Rafale. Il comparait son petit-fils à Sugar Ray Robinson, prétendant qu'ils partageaient deux particularités, la gentillesse et la douceur, curieux atouts pour pratiquer la boxe à un niveau de championnat. D'après mon père, Sugar était un ange qui n'aurait pas fait de mal à une mouche, d'où son surnom. La gentillesse : qualité encensée par mon père, qualité et poids lourd, car Jean-Michel la sortait de son chapeau au cours des chantages affectifs dont il était coutumier.

Intrusif, Jean-Michel l'était jusque dans les jeux qu'il inventait. Doué de ses mains, pour Raphaël il confectionnait des sarbacanes avec lesquelles ils envoyaient de petites boules en papier mâché, autre produit de l'artisanat paternel, en plus des tartines beurrées et des meubles. Il fabriquait des sarbacanes pour moi, quand j'étais enfant. Depuis son appartement de la rue de la Bûcherie, mon père apprenait à Raphaël à propulser les boules vers les fenêtres des voisins, aux beaux jours, lorsque tout est ouvert. Pour confectionner les sarbacanes et les billes, il se fournissait à la papeterie de la place Maubert, près de chez lui. Il avait aussi prévu un carquois afin que Raphaël y range les sarbacanes. Réussir à propulser les boules de papier en soufflant correctement dans la sarbacane requérait de l'exercice. Il avait des années de pratique et il entraînait Raphaël. Il faut doser son souffle pour que la boule parte loin tout en évitant de cracher trop de salive afin de ne pas ramollir l'embout, ce qui le rend inutilisable. Jean-Michel, enfant capricieux et inquiétant, auquel la hiérarchie entre les générations était étrangère. Cette confusion faisait partie des zones de turbulence dans lesquelles on errait en sa compagnie. Mon père était comme un immense aéroport comptant des aires différentes. Lui seul choisissait celle où vous vous trouviez, il décidait de votre destination selon l'humeur dans laquelle il allait plonger. Vous étiez bien quelque part ? Vous n'y restiez pas longtemps. Ces allers et retours prirent fin lorsqu'il est tombé malade. Il se concentrait sur la réalité et ne s'en échappait plus à travers ses délires. Il a affronté ses cancers avec un courage stupéfiant. Le psychanalyste Adam Phillips cite ces mots de Winnicott dans la biographique qu'il lui a consacrée : « Il est beaucoup plus difficile de s'arranger avec la santé qu'avec la maladie. »

Outre les sarbacanes, Jean-Michel fabriquait des bombes à eau. Il les balançait sur les passants au bas de son immeuble qui se trouvait presque en face de Notre-Dame. Son numéro de téléphone était le 325 11 00. On prononçait à toute vitesse le 325, on traînait sur le 11 puis on reprenait de l'élan sur le double 0. Jean-Michel a habité là de 1973 jusqu'à sa mort – mais il a passé ses trois derniers mois à l'hôpital Sainte-Anne. L'immeuble de la rue de la Bûcherie n'est ni beau ni laid. Ces derniers temps je lui trouve mauvaise mine lorsque je passe devant. Le local du rez-de-chaussée est en vente depuis longtemps, les fenêtres du deuxième étage sont masquées nuit et jour par des rideaux, et les fenêtres du quatrième, que mon père habitait, sont toujours plongées dans le noir. Le code d'entrée n'a pas changé. Il m'arrive de pénétrer pour quelques secondes dans le hall lorsque je me promène dans le quartier. La peinture est décatie, les ampoules de plusieurs appliques sont mortes, le nom de mon père figure encore sur l'interphone alors que l'appartement a un nouveau propriétaire et que celui-ci semblait pressé de transformer les lieux. Un soir d'été, seule dans le hall, j'envoie un message à Clément pour lui décrire l'endroit, qui part à vau-l'eau. Clément répond : « Étrange moment. » Il qualifie autant ma visite que mon besoin de la partager avec lui.

Lorsque nous sonnions chez Jean-Michel, il nous indiquait l'étage auquel il habitait. Cette précision horripilait l'une de mes sœurs qui se sentait traitée en étrangère. Moi, ça m'était égal. À la mort de mon père, en plus de l'appartement, nous avons vendu ses meubles, simples, en pin, ainsi que ses objets et le contenu de sa bibliothèque. Il l'avait construite. Elle était surélevée, posée sur une estrade qu'il avait aussi fabriquée. On s'y asseyait pour discuter, on y grimpait pour attraper un livre. Sa guitare était posée sur la gauche. La chambre de Jean-Michel avait vue sur une succession d'arrière-cours et notamment sur celle de l'immeuble de la rue des Trois-Portes où était installée jusqu'en 1981 la rédaction d'*Hara-Kiri*, futur *Charlie Hebdo*. Mon père détestait l'humour de Choron, ce bouffeur de curés. À Choron, mon père ne trouvait pas tellement d'excuses. Une fin d'après-midi où Choron, ivre, faisait une fois de plus du *chambard*, mon père est parti sonner rue des Trois-Portes. Il en avait *marre*, le tintamarre était fréquent et les blagues sur les bonnes sœurs ou les prêtres le mettaient en rage. Ce jour-là, avec Choron, il en est venu aux mains.

Lors d'une fête organisée à *la Bûcherie* à l'occasion de mon sixième anniversaire, mon père a laissé un garçon de ma classe, Cédric, lui enduire le crâne (qu'il avait nu) de baume à lèvres. Je ne sais pas pourquoi Cédric avait été invité car il ne faisait pas partie de mes amis, ni comment le jeu de massacre a commencé, ni ce que ce baume à lèvres faisait là. Cédric était aux anges et mon père riait, le crâne luisant; moi je pleurais. Autre passe-temps: lorsque nous allions à Saint-Jean-de-Luz à la fin des années 1970 et au début des années 1980, nous prenions le train de nuit et dormions tous les deux dans une couchette de première classe. Jean-Michel attendait minuit pour m'emmener frapper trois coups aux portes des couchettes voisines en se faisant passer pour le contrôleur. Il ne précisait pas le motif de son intervention. Généralement il suffisait de dire « C'est le contrôleur » pour que les passagers se rhabillent et se préparent à ouvrir la porte. Nous déguerpissions et entendions les portes s'ouvrir depuis notre cabine. Mon père riait, moi pas tellement. Pourquoi prenait-il plaisir à déranger les voyageurs dans leur intimité ?

Il lui est arrivé de poser chez lui, sous les poignées de portes, des languettes d'encre qui noircissait les mains des invités lorsqu'ils allaient aux toilettes. Il plaçait des coussins péteurs sous les fauteuils et de petites pompes sous les assiettes, qu'il actionnait pour que la vaisselle se lève et que les convives sursautent. En vieillissant, mon père s'est spécialisé dans les énigmes mathématiques, des activités qui mettaient moins en jeu le corps. Il nous présentait une série de nombres sur une feuille blanche, à nous de compléter la série. Pour trouver le chiffre manquant, nous devions changer la feuille de sens, mettre le bas en haut. Il m'a remis une chemise en carton que j'ai encore. À l'intérieur il a glissé quelques feuilles d'avance pour que je propose cette devinette à mes amis. Il voulait que j'aie des plaisanteries en réserve.

Clément est de mauvaise humeur. Il a besoin d'un médecin pour soigner une allergie qui l'épuise, mais Paris est vide, ce sont les grandes vacances, il ne sait pas qui consulter, alors je l'envoie chez mon oncle Jean-François. Deux personnages du livre vont se rencontrer, c'est poétique. Médecin généraliste et retraité, Jean-François avait une patientèle composée en majorité de toxicomanes. Il a fait partie des rares généralistes qui ont accepté de prescrire des produits de substitution au début des années 1990. Jean-François possède une intelligence de l'humanité souffrante, comme mon père. À la différence de mon père, il n'exige ni compassion ni culpabilité. Qui l'aime le suive. Contrairement à mon père, Jean-François déteste toutes les religions, et se méfie de l'autorité de l'État.

Il a raté cinq fois l'internat et il le raconte en riant. Son rire emporte vers ses oreilles ses maigres et larges épaules, qui retombent ensuite. Plus jeune, les jours où il recevait ses patients dans son cabinet et effectuait ses visites à domicile, Jean-François portait des costumes Marks & Spencer dans lesquels il flottait. Né en 1938, deux ans après mon père, il est l'anarchiste de la famille. Il est favorable à la justice, pas à la loi. Il déteste l'autorité, l'exerce rarement et s'arrange pour ne pas la subir. Il peut se montrer tranchant sans dire grand-chose. Quelques mots et son regard bleu suffisent. Il parle à voix basse. Avec l'âge c'est de pire en pire : nous sommes tous sourds auprès de Jean-François qui, lui, entend bien et marmonne. Il a des convictions fortes qu'il ne fait peser sur personne.

C'est au fil des ans que les toxicomanes sont devenus sa spécialité. Il fut le premier à diffuser de la méthadone et du Subutex en prison, à Fresnes. Il avait obtenu non sans mal l'accord du directeur de l'établissement. À cette époque, administrer ces substances dans un lieu de privation de liberté était interdit. Seuls les centres agréés pouvaient en délivrer. Jean-François outrepassait la loi. Il partait le samedi matin, à scooter, livrer Fresnes, avec le chargement dans des sacoches. Mon oncle raconte ces expéditions à voix basse. Il est discret en toute situation. Quand il marche, il est si léger qu'on ne l'entend pas arriver. Désormais il ne marche plus, il trottine, le dos courbé.

Il y a un problème de voisinage, chez moi. Pour écrire en paix, la maison de Murat serait l'écrin idéal. Murat n'est pas particulièrement chaleureux, pourtant sa maison l'est (donc il doit bien l'être un peu). Elle n'est pas rangée au cordeau. Des livres, du courrier, des dossiers, des cartons remplis de draps neufs traînent ici et là. Les draps, je les connais. Ils sont en lin et de toutes les couleurs : « J'aime les mélanger. » Dans chaque pièce il a installé des tiges de bambou qui trempent dans un liquide parfumé. La maison entière sent bon. L'escalier longe un pan de mur rouge, deux murs du salon sont recouverts d'un papier peint acheté dans la plus ancienne manufacture de papiers peints française. En ce moment, les hôpitaux coulent et Murat s'affole. Il est un jour ici, un jour ailleurs, j'ai de ses nouvelles grâce à Instagram. L'heure est grave, il fait des stories : Murat et ses confrères somment le gouvernement de se ressaisir, Murat pose au milieu de femmes iraniennes et libres en visite à Paris, Murat s'apprête à entrer au bloc revêtu d'une blouse bleue et d'une surblouse transparente en polypropylène. Aux pieds, des sabots de bloc opératoire. Quand je suis chez lui le soir, épuisé, il s'effondre.

Un jour où je n'ose pas le déranger pour qu'il me prescrive quelques médicaments dont j'ai besoin, je m'adresse à Jean-François. Arrivée chez lui, j'entends un réveil sonner, à 16 heures pile. Impossible de mettre la main dessus tant la collection de réveils de Jean-François est conséquente. Nous ouvrons les placards, les boîtes, les sacs à dos, le réveil demeure introuvable. Sur les tablettes qui couvrent les radiateurs, dans les toilettes ou dans la bibliothèque Billy trônent des détergents. Jean-François accumule les bouteilles de Monsieur Propre. Un aspirateur est adossé à un flanc de son lit comme s'il en avait besoin dès le matin, sitôt réveillé. Deux aspirateurs anciens, c'est-à-dire avec sac et avec fil, sont collés l'un à l'autre dans un coin de la pièce : « Ils ne marchent plus assez bien. » Ma cousine, sa fille, a renoncé à faire le tri. Jean-François est connu pour accumuler les appareils, électriques ou pas : mini aspirateurs, raclettes pour nettoyer les vitres, plumeaux, lampes de poche, rasoirs, râpes à fromage, engin pour aiguiser les ciseaux, piles électriques pour les lampes de poche, « au cas où ». Jean-François pourrait présenter le télé-achat. Cette prévoyance est-elle un héritage de sa culture scoute ou un signe d'angoisse ? Il stocke les produits dégraissants et désinfectants. Il allume son nouvel aspirateur sans fil et *clic*, une petite pierre qui traîne disparaît. Sur le lit sont éparpillés plusieurs livres, des essais ardus, de qualité.

Mon oncle se lave souvent les mains et se coupe les ongles très court, deux points communs avec Murat. Il se nourrit à peine mais il aime nourrir les autres de plats simples et sains, comme mon père. À Saint-Jean-de-Luz, il prépare en grandes quantités des poireaux vinaigrette, des concombres, des tomates dont il pèle la peau après les avoir trempées dans l'eau bouillante, et des pâtes au beurre. Un mois durant, le menu ne varie pas. L'été suivant, d'autres plats sont à la carte et les précédents reviennent la troisième année. Le ménage est l'une des occupations extraprofessionnelles de Jean-François. Comme Murat, il aime *lancer des machines*. En arrivant chez mon oncle, l'odeur de l'adoucissant vous saute aux narines.

Il a beau se dire prêt à parler de tout, Jean-François est un taiseux. Dans *L'Héritage nu*, recueil de trois conférences qu'il a prononcées à Columbia dans les années 1980, Aharon Appelfeld parle du silence des survivants de la Shoah. C'est un thème désormais banal mais l'écrivain le restitue sans dolorisme. Dans ce repli, je retrouve mon oncle : « Rien là d'une introspection ni de quoi que ce soit qui y ressemble, mais bien plutôt la trame serrée de nombreux faits extérieurs, de manière à cacher la vérité intérieure. Le survivant lui-même fut le premier, dans son impuissance et le déni de son propre vécu, à créer l'étrange voix au pluriel du mémorialiste, qui n'exprime rien d'autre que de l'extérieur empilé sur de l'extérieur, de sorte que le dedans ne soit jamais révélé. » J'envoie ces lignes à ma cousine. Elle est d'accord, cette colonne de non-dits, c'est son père. Au fil d'une discussion avec un proche ou un inconnu, on renonce à explorer les angles que l'on sent aveugles ou impénétrables, ceux sur lesquels on bute. On devine à quels terrains, à quelles questions il faudra malheureusement renoncer. Jean-François ne voudrait pas que je gratte quelques plaies. Les vulnérabilités de mon père, Jean-François et moi les connaissions et nous les avons tues. Quand je lui parle des emportements de Jean-Michel, mon oncle botte en touche : « Toutes les familles rencontrent des difficultés. » Après Jean-Michel et Jean-François sont nés Jean-Louis, puis Olivier.

Des quatre frères, Jean-François est psychiquement le plus solide et physiquement le plus fragile. Il est maigre et il a la peau très blanche. Je n'ai jamais vu une telle pâleur chez personne d'autre. On aperçoit son épiderme l'été, à Saint-Jean-de-Luz, quand il ôte ses chaussettes ou retrousse les manches de sa chemise. Il est beau, mais je ne connais pas d'homme moins engagé dans la séduction que lui. Lorsque vous vous adressez à lui, il se concentre. On sent qu'il peut entendre le pire sans porter de jugement. Mon oncle allège les accusations lancées contre soi-même. Qui ne se sent pas coupable d'un petit quelque chose ? Il est aussi complexe que mon père, mais d'une autre façon. Il est très attaché à la liberté, il déteste la soumission au pouvoir alors que mon père pouvait s'en accommoder si ce pouvoir venait de l'État, ou d'un curé. Jean-François : « À l'hôpital, je respectais non pas la hiérarchie, mais ceux qui savaient mieux que les autres. » Il fuit comme la peste les religions, « le mythe du chef, et l'uniforme : j'ai échappé au trotskisme et au communisme qui attiraient ma génération grâce à ça. » Il a fait son service militaire en tant que médecin à l'hôpital, en métropole : « Coup de chance, je n'ai pas été en Algérie. J'aurais été très embêté. J'aurais déserté, et c'eût été idiot. » Mon père n'a pas déserté. Qu'en pense Jean-François ?

Mon oncle rit de bon cœur quand on lui raconte une anecdote, même si elle n'est pas amusante. Lorsque le héros de l'histoire est un enfant ou un adolescent, son enthousiasme monte d'un cran. Il est l'allié de l'enfance. Lui et sa femme, décédée en 2020, sont les parents de deux enfants. Dans la bibliothèque Billy imitation chêne de Jean-François sont exposées et joliment encadrées des photos en noir et blanc, Francine tient dans les bras l'un des enfants, Jean-François est en arrière-plan en jean et blouson de cuir, adossé au mur et fatigué comme après un long voyage qui s'est bien terminé.

Il pense que sa vocation de médecin est née après l'opération qu'il a subie en 1948, à l'âge de dix ans. Une crise d'appendicite a dégénéré en péritonite faute d'avoir été traitée à temps. Ses frères et lui étaient en vacances avec leurs parents près de Cannes. Olivier, le dernier de la fratrie, venait de naître. Jean-François avait très mal au ventre, il s'en plaignait mais personne ne s'en inquiétait, pas même le frère de mon grand-père, qui était du voyage et qui venait de terminer ses études de médecine. Étrange indifférence. À la fin de leur séjour, ils ont rejoint Saint-Jean-de-Luz, en train. Mon oncle souffrait horriblement. Ce trajet de douze heures lui reste en mémoire. En me le racontant, il souligne la gentillesse – obsession familiale – de mon père et de son frère Jean-Louis : ils ont cédé leur place à Jean-François afin qu'il s'allonge sur la banquette. Une fois arrivés à Saint-Jean, mon grand-père et son épouse ont attendu une journée encore avant d'appeler le médecin d'Ascain, le village voisin de Saint-Jean. Le médecin était une femme. Pourquoi François et sa femme ont-ils tellement tardé à faire ausculter leur fils ? Après avoir examiné Jean-François, la médecin a prévenu le chirurgien de Saint-Jean de la gravité de l'affaire. Il s'appelait M. Darricau, et il était le frère du comédien Darry Cowl, dont le vrai nom était donc Darricau. Jean-François fut transporté à la clinique par le bon M. Darricau et non par mon grand-père. Il fut opéré le soir même. Jean-François insiste sur la nonchalance de ses parents, mais il ne la commente pas. Darricau avait interrompu une partie de pelote basque pour pratiquer l'opération : « C'est gentil », commente Jean-François en souriant. Ce chirurgien a dit à Jean-François que s'il avait été pris en charge quelques heures plus tard, il ne restait plus qu'à lui dire adieu. Mes grands-parents et le curé ont déclaré mon oncle miraculé. En échange de ce cadeau du ciel, Jean-François devait à l'avenir se conduire comme un ange.

C'est à M. Darricau et non au Seigneur qu'est allée la gratitude de mon oncle. Il se rappelle les détails de l'opération et me fait remarquer à quel point il devait être costaud, enfant, pour avoir survécu. Sans cette force physique, cette boucherie aurait eu sa peau. Un morceau de caoutchouc « comme on en trouve au BHV » tenait lieu de drain, et c'est un connaisseur qui parle : Jean-François est bricoleur. Il achète en quantité des clous, des vis, des chevilles, etc. Le drain lui faisait horriblement mal quand il fallait le changer. L'anesthésie se faisait à l'époque par chloroforme. La douleur restait perceptible, mais Jean-François avait tant souffert les heures et les jours précédents que rien ne pouvait être pire. À cette époque, les opérations étaient des bouillons de culture. Quinze ans après, dans les années 1960, ce n'était guère mieux, dit mon oncle. Jeune médecin, il voyait arriver des patients souffrant d'un abcès qui avait poussé à la suite d'une piqûre intramusculaire faite avec du matériel mal stérilisé. Les seringues n'étaient pas à usage unique. Les médecins les nettoyaient avant de les stériliser dans un four. Ils grattaient le sang séché, mais il suffisait qu'il en reste un peu pour que les bactéries se multiplient.

Pourquoi Jean-François insiste-t-il sur la force physique qui avait été la sienne, enfant, et que sa constitution d'adulte rend inimaginable ? Son obstination à corriger l'image que la famille a de lui est émouvante et surprenante. En balayant l'adulte chétif qu'il est, il dit quelque chose tout en ne le disant pas. Est-ce sous l'effet d'un événement précis que sa constitution a fondu ? Dans ses jeunes années, il avait envie de « s'extraire » de la vie de famille, contrairement à ses frères « qui y étaient plus à l'aise ». Le scoutisme fut pour lui un refuge, une maison. Après son opération, Jean-François est resté un an à Saint-Jean-de-Luz tandis que ses parents habitaient avec ses frères à Paris. Jean-François avait déjà été séparé d'eux pendant la guerre. Cela commençait à faire beaucoup de séparations, et la série n'était pas terminée.

De retour à Paris après sa convalescence, Jean-François, n'ayant pas été scolarisé pendant l'Occupation, n'avait pas le niveau des élèves de sixième. Il savait à peine lire. Pour qu'il soit suivi de près par l'équipe enseignante, mon grand-père l'a placé dans le privé, chez les Jésuites. La mère de mon père et de ses frères avait arrêté ses études en cinquième, sa famille estimant qu'elle n'avait pas à étudier mais à se marier. La surveillance des devoirs et des notes revenait donc à mon grand-père. Jean-François ne parvenait pas à rattraper les années perdues. Suivant les conseils des Jésuites, François envoya mon oncle dans un internat, en Irlande. Pourquoi si loin ? Nouvelle séparation entre mon oncle, ses frères et ses parents. Jean-François m'assure avoir apprécié cette extradition mais je doute qu'il dise la vérité. Mon grand-père l'a accompagné en avion jusqu'à l'internat et, quelques mois plus tard, Jean-François est rentré en France et retourné chez les Jésuites. « Ils étaient malins, et ils n'ont pas fait de prosélytisme », me dit-il. Un jour, un professeur a foutu une baffe à mon oncle qui la lui a rendue et cela s'est arrêté là. En seconde il a confié aux curés qu'il n'était plus croyant. « Dommage », ont-ils seulement répondu. La direction l'a autorisé à ne plus assister à la messe mais lui a demandé de venir à l'heure où commençait l'office, pour qu'il ne fasse ni jaloux ni émules.

Les héroïnomanes sont arrivés dans sa patientèle petit à petit, par le bouche à oreille. Ils venaient de tous les milieux. Ils étaient policiers, magistrats, prostitués, psychiatres. Jean-François m'explique que le sevrage se pratiquait à l'époque sans béquille, du jour au lendemain. Tous les patients ne le supportaient pas. Dans ces mêmes années, le père Jaouen emmenait en bateau des toxicomanes qu'il sevrait au cours d'une croisière de six mois. Certains rentraient sauvés, d'autres se jetaient à l'eau et mouraient.

Avant que la méthadone soit disponible en France, Jean-François prescrivait des ampoules de morphine, ce qui était interdit. Les patients se les injectaient, ou les avalaient. Pourquoi parle-t-il davantage de la méthadone que du

Subutex ? « Si on schématise, dans la famille des opiacés, la morphine est la sœur de référence. Tu as la sœur dévoyée et gaie, l'héroïne, et la grande sœur un peu triste, la méthadone. Je dis "un peu triste" car la méthadone n'apporte pas de dysphorie, d'évasion. Avec la méthadone, on n'est pas à côté de ses pompes. On perd l'illusion de voyager mais on ne souffre plus. On obtient le même résultat avec le Palfium. On en prescrivait à Françoise Sagan avant que n'apparaisse la méthadone. L'important, pour ne plus souffrir, est que les récepteurs morphiniques en manque reconnaissent les gens de la famille. Le Subutex est un para-opiacé. Disons que c'est une cousine abusive : elle prend place dans la maison familiale. Les récepteurs morphiniques la reconnaissent et elle empêche les autres de venir et d'agir. » C'est amusant que Jean-François dessine une famille avec les rivalités qui la traversent et les rôles que chacun y joue.

Chacun cherche sa place. Murat : « Parmi tes sœurs et auprès de ton père, qui étais-tu ? Le vilain petit canard ou la princesse ? Je n'arrive pas à te situer. » Puisqu'il faut trancher, je dirais le vilain petit canard. Je suis l'aquoiboniste. J'ai tendance à partir vaincue et, quand se présente un rapport de force, je ne tente pas de l'inverser. Je le laisse dans l'état où je le trouve en arrivant. Je suis née trop tard dans la famille. Avant moi ils se sont bien amusés. Les fantaisies de mon père racontées cent fois par mes sœurs sont celles de l'homme d'avant ma naissance. Elles ont en mémoire un stock de mythologies auxquelles je suis étrangère. Ce sont d'autres habitudes, d'autres musiques, d'autres manifestations de l'originalité de Jean-Michel. Ma mère m'a transmis des arrêts sur image de mon père. Outre les imitations d'Yves Montand, il y a mon père sympathisant avec Serge Lama dans un hôtel en Corse, mon père ne finissant jamais son assiette, voyageant avec des sacs plastique en guise de valise, plaisant à tout le monde, hommes et femmes, tant il avait d'humour, ne tenant pas sur des skis, jouant au tennis comme une patate et prenant des douches tous les 36 du mois. Tout me plaît dans ce portrait.

Revenons à la famille des opiacés. Jean-François continue : « Le Subutex, la cousine abusive, neutralise les récepteurs morphiniques. Il empêche l'héroïne de faire effet. C'est bien, seulement le Subutex ne marche pas toujours : c'est normal, elle est la cousine, donc elle est moins proche. L'autre avantage de la méthadone tient à son effet tranquillisant, antalgique. Chez un patient psychotique, c'est efficace. » Selon lui, l'héroïne ne rend pas cinglé, contrairement à la cocaïne. Il n'existe pas de substitut à la cocaïne. Elle serait donc plus dangereuse : « Regarde Malraux : il était opiomane et cela ne l'a pas empêché d'écrire des trucs formidables. » Mais le manque d'opiacés rend les gens malades : « Ils dégueulent. » Le manque d'alcool est pire encore, il tue : « Recevoir un delirium tremens terrifiait les médecins de ma génération. Une fois sur cinq, ces patients mouraient dans leur délire. »

Il arrivait que des patients non toxicomanes partagent la salle d'attente du cabinet avec des drogués. Jean-François était installé seul, sans confrère ni secrétariat. Les patients se mélangeaient sans que quiconque veille au grain : « Je me souviens d'un jeudi où un trio inséparable de toxicos avait pris rendez-vous, l'un à 14 heures, l'autre à 14 h 30, la dernière à 15 heures. Ils étaient arrivés ensemble, un homme et deux femmes. Lui, incapable de parler, n'accordait d'attention qu'à son énorme chien qu'il emmenait partout. L'une des femmes faisait le tapin et la seconde faisait la manche, habillée à la manière d'une bonne sœur. C'est grâce à elle que les deux autres subsistaient. Ils fumaient beaucoup tous les trois en m'attendant. Avec eux patientait la belle-mère d'un ancien Premier ministre, assez peu à l'aise avec ce qu'elle voyait et une dame chic qui habitait près du parc Monceau. Celle-ci m'a ensuite demandé régulièrement des nouvelles des toxicos. Quand elle a su que celle qui faisait le tapin était en train de mourir du sida dans un hôpital de la région parisienne, elle est allée lui rendre visite. »

Mon oncle prévenait la direction générale de la Santé quand il livrait à Fresnes des substituts. Le centre pénitentiaire le laissait agir, tout en lui reprochant de *donner de la drogue aux drogués*. Il répondait : « Certes, mais la méthadone ne tue pas, elle guérit. » Jean-François ne se paie pas de mots et il est amateur de raccourcis : « L'alcool rend con et méchant, la drogue tue, le cannabis rend con mais ne tue personne. » Qu'est-ce qui pousse un homme ou une femme à devenir toxicomane ? « Oh, c'est connu, maintenant. Ceux qui s'occupent de toxicos le savent. Une fois sur dix, il y a à l'origine un problème d'inceste. Il y a les viols, aussi. »

Dans mon entourage, j'ai un autre médecin, un ami cher. Kamel est urgentiste et travaille dans une association de praticiens qui se déplacent à domicile. Je l'ai connu il y a quinze ans grâce à un rhume de Raphaël. Une seule visite de Kamel suffit pour ne jamais l'oublier. Il parle trop fort, il écarquille les yeux en vous écoutant, fait son cinéma, se tourne à droite, à gauche, pour faussement vérifier qu'il n'y a personne derrière lui ni derrière vous. Il joue la comédie. Il peut exaspérer les patients chez lesquels il débarque parce qu'il se précipite vers leur bibliothèque s'ils en ont une, en sort des livres, les commente en accompagnant ses paroles d'un tas d'onomatopées. Kamel lit de bons livres. Récemment il m'a recommandé *Mémoires d'une jeune fille dérangée*, de Bianca Lamblin : « Je ne comprends pas que ce bouquin ne soit pas plus connu. Ou plutôt si, je comprends pourquoi ça coince. Ha ! On ne voit plus Sartre et Beauvoir du même œil, après avoir lu Lamblin. » Entre 1939 et 1940, Bianca Lamblin a formé avec Simone de Beauvoir et Jean-Paul Sartre un trio amoureux et sexuel que Beauvoir met en scène en partie dans *L'Invitée*. Cette relation fut pour Bianca Lamblin le « drame » de sa vie. En 1990, elle a décidé de raconter sa version des faits sans se cacher derrière un pseudonyme. Bianca Lamblin était juive. Elle était née en Pologne en 1921. En 1937, élève du lycée Molière à Paris, elle a connu Beauvoir qui y enseignait la philosophie. À partir de 1939, le couple aux amours contingentes s'est amusé avec Bianca Lamblin : « J'ai découvert que Simone de Beauvoir puisait dans ses classes de jeunes filles une chair fraîche à laquelle elle goûtait avant de la refiler, ou faut-il dire plus grossièrement encore, de la rabattre sur Sartre. » La « perversité » de ce manège était « soigneusement cachée sous les dehors bonasses de Sartre et les apparences de sérieux et d'austérité du Castor. En fait, ils rejouaient avec vulgarité le modèle littéraire des *Liaisons dangereuses*. » Lamblin ne se victimise pas, elle met des mots sur le comportement des deux intellectuels mais elle mentionne aussi sa propre naïveté. Elle n'en revient pas de s'être prêtée au jeu.

Grand lecteur, Kamel repart souvent de chez un patient avec un roman ou deux sous le bras. Il admire Boulgakov, médecin et auteur de *Morphine* et de *Récits d'un jeune médecin*. Il me dit : « J'aimerais écrire l'équivalent contemporain de ces textes. » Faire de l'effet aux patients lui plaît, mais passer pour un *farfelu* (le mot est de lui) le tracasse. Il est hors du commun, fier de l'être et gêné par sa singularité. Ceux qui l'aiment à tous les coups, ce sont les enfants. Kamel est leur défenseur. Il remarque ce qui cloche, l'abus ou le manque d'autorité. La petite maltraitance, celle qui ne peut être dénoncée facilement parce qu'elle est banale et insidieuse le met hors de lui. Il admire la psychanalyste suisse Alice Miller. Juive née en Pologne en 1923, elle s'est enfuie du ghetto de Varsovie puis a émigré en Suisse en 1946. Elle était la spécialiste de la pédagogie noire et des violences autorisées car structurelles, celles exercées notamment dans les familles protestantes et que le réalisateur Michael Haneke a montrées dans *Le Ruban blanc*. Selon Miller, l'enfant est sauvé si dans son entourage se trouve un « témoin secourable » pour mettre des mots sur les choses. Kamel se veut le témoin secourable des jeunes patients, et ce rôle n'est pas du goût de tous les parents. Il est hypersensible. Mon ami est scandalisé par une brutalité que la plupart des gens ne perçoivent pas. Il dit souvent : « Il faut ouvrir aux enfants le champ des possibles. Si tu fais ça, c'est gagné. Ce n'est pas si difficile d'élever un enfant. » Il a raison. Kamel n'a pas d'enfant mais il possède une intelligence de l'éducation. Parfois il se trompe, par naïveté. Par exemple lorsqu'il dit : « C'est bizarre cette histoire, ta grand-mère qui montrait sa poitrine en déclarant que c'était son capital. Dans toutes les familles juives que je connais, on sait que le capital se trouve là, dans la tête, parce qu'on peut prendre la fuite du jour au lendemain. C'est pour ça que presque tous mes amis sont juifs ; je pense ça moi aussi. »

La bouche de Kamel ressemble à celle de Mick Jagger. Ses traits sont marqués, les rides sont là. Kamel est né il y a soixante ans de parents kabyles, des ouvriers. Il est allé quelquefois en Algérie et son avis sur l'évolution du pays est mitigé, dirions-nous. La dernière fois qu'il y a voyagé, ce devait être en 2017. Des femmes, jeunes, venaient vers lui dans l'espoir de le séduire et de partir avec lui en France. La mère de Kamel ne porte pas de foulard et il ne supporte pas de voir des femmes se couvrir la tête. Il fait son âge mais il pense faire moins. Il porte des tee-shirts à manches longues qui épousent les formes de son buste. Ses pantalons sont bien coupés, neutres, élégants. Il veut surprendre son monde en annonçant qu'il est médecin tout en se donnant l'allure d'un ingénieur du monde des datas. Il porte des baskets choisies avec goût, et l'hiver, une jolie parka d'une marque à la mode. Il prête attention à l'impression qu'il dégage. Sa peau est cuivrée, ses mains sont belles, ses ongles courts. Ses cheveux noirs tirent vers le gris. Il les porte trop longs, à mon avis et à mon goût. Son parfum sent bon mais un peu trop fort, et ma peau s'en imprègne quand nous nous voyons parce que Kamel m'effleure les mains ou les avant-bras lorsqu'il me parle. Même les jours de pluie il circule à scooter. Je ne sais rien de ses amours. Kamel est un médecin du corps et, à l'occasion, de l'âme. Depuis une trentaine d'années il est en analyse, et depuis toujours je l'entends dire qu'il s'installera plus tard à son compte comme psychanalyste. Habitué à désosser sur un divan ce qui cloche chez lui, il repère chez les autres les mauvais embranchements. Il est un lecteur de problèmes. On pourrait croire qu'ouvrir la porte à Kamel revient à laisser entrer un éléphant dans un magasin de porcelaine, or c'est le contraire. Il prend de la place mais il agit avec tact. Quand il repart, on est allégé de nos tracas.

J'ai fait connaître les romans de Philip Roth à Kamel, et l'écrivain est entré dans son panthéon littéraire. En 1999 fut publié en France *Pastorale américaine*, roman sur la filiation. Roth n'avait pas d'enfant, mais il était un inventeur de pères et d'enfants, doublé d'un remarquable portraitiste de son propre père dans *Patrimoine* et dans *Les Faits*. Roth était-il davantage le fils de son père que de sa mère ? Peut-on décider de négliger un héritage, se défaire d'un mimétisme, de ressemblances physiques, repousser des traits de caractère ? Entre mon père et le héros de *Pastorale américaine*, j'ai pointé des similitudes. Seymour Levov, ce héros que Philip Roth surnomme le Suédois, est un homme bon, piégé par sa miséricorde: « C'était juste un papa gâteau et un père libéral. Le roi-philosophe de la vie ordinaire », explique le frère de Seymour Levov à Nathan Zuckerman, qui devient involontairement le biographe du défunt. Le destin a brisé le bonheur auquel Levov semblait promis. Il lui a servi à la place une existence infernale, un chagrin sans fin. Le Suédois récolte ce qu'il n'a pas semé, ce qu'il n'a pas mérité. Persuadé du contraire, il se fige dans la culpabilité. On apprend sa mort dans le premier tiers du livre. Homme d'affaires avisé, patron apprécié d'une fabrique de gants de cuir, ancien champion sportif – il était au basket un

« artiste du bras roulé » –, le Suédois est aimé de tous, sauf de sa fille, Meredith, surnommée Merry, qu'il a choyée. En 1968, rebelle, engagée contre la guerre du Vietnam, Merry pose une bombe dans le bureau de poste d'une petite ville et fait une victime, un médecin. Levov ne se remet pas d'avoir couvé un monstre, mais il ne déteste pas Merry pour autant. « Sa vie a été soufflée par cette bombe. La vraie victime de l'attentat, c'est lui. » Merry a tué son père par ricochet. Elle a fait du mal à l'homme qui ne lui voulait que du bien. C'est aussi l'impression que j'avais lorsque mon père me faisait les yeux doux en sortant d'une colère et que je restais muette, fermée. Physiquement aussi, Jean-Michel ressemble à l'idée que je me fais de Levov. Ils partagent des yeux bleus et une douceur générale (à première vue). Longiligne, large d'épaules, musclé, tonique, Jean-Michel était élégant sans le vouloir, comme Belmondo. L'acteur et lui avaient encore en commun la pratique de la boxe, une musculature développée et un beau port de tête. Je n'ai jamais croisé un homme qui se déplace aussi légèrement que lui. Raphaël m'a confié récemment qu'il ne pouvait pas lire les récits de filiation sans tristesse. Il a lu et aimé *Patrimoine*, dont son père et moi lui rebattions les oreilles. Découvrant les deux lettres que

Vassili Grossman écrit à sa mère après qu'elle est morte (Juive ukrainienne, elle a été assassinée en 1941), j'ai voulu partager ces textes avec Raphaël. Depuis sa chambre il m'a arrêtée : « Ne me lis pas ça, je ne vais pas le supporter. C'est trop triste. » Dans la première lettre post mortem datée de 1950, Grossman écrit à l'absente : « Tant de choses se sont accumulées dans mon cœur que j'ai décidé de t'écrire, de te parler, et, bien sûr, de me plaindre, car au fond il n'y a que toi que mes chagrins intéressent, les autres n'en ont rien à *faire.* » Dans la seconde lettre qui date de 1961, on lit : « Toi et moi nous ne faisons qu'un, tu es l'être qui m'est le plus proche. Tant que je vis, tu vivras. Quand je serai mort, tu vivras encore dans le livre que je t'ai dédié et dont le destin ressemble au tien. » Ce livre est *Vie et Destin*. Bientôt je proposerai à Raphaël de lire *Revu et corrigé*, de Péter Esterházy (1950-2016). L'écrivain hongrois qui a passé son enfance derrière le rideau de fer est agité d'émotions violentes et contradictoires en découvrant que son père fut un « indic » au service du régime. Le titre, magnifique, *Revu et corrigé*, se justifie par le fait qu'Esterházy, au moment de cette révélation, vient de consacrer dix ans de sa vie à composer un livre sous forme de fresque racontant l'histoire des Esterházy, grande famille hongroise, aristocratique et prestigieuse. Il avait baptisé *Harmonia Cælestis* ce texte dense et laudatif publié en 2001. Il croyait son père résistant et en consultant des dossiers de la police secrète enfin accessibles aux citoyens, il apprend qu'il a servi d'indic au régime entre 1959 à 1979. L'écrivain est triste et ironique : « Je n'ai pas assez d'imagination pour appréhender le n'importe quoi. Je suis capable d'imaginer beaucoup de choses, mais celle-ci, dans laquelle je me trouve maintenant, ça, non. » Ou encore : « Je suis proche de mon père non seulement parce qu'il est mon père, mais parce que, avec *Harmonia*, je l'ai déclaré et proclamé. Lui, c'est moi, tout au moins j'aimerais (presque) l'être. » Ce n'est pas rien de déclarer cela, j'en serais incapable. Et plus loin : « Je me suis fait chasser de mon père. Je me fais chasser de la terre de mon père. » *Revu et corrigé*, amalgame de rage, de dépit, d'humour et d'amour parle à tout le monde ; on retouche sans cesse le procès-verbal de nos parents.

Gad Elmaleh a inventé un personnage qu'il appelle le Blond et qui me fait penser au Suédois de Roth, au Suédois tant qu'il est encore parfait, inentamé par le chagrin, encore étranger au chaos dans lequel il se débat ensuite jusqu'à sa mort. Le Blond de Gad Elmaleh est goy et il incarne le miroir inversé du brun Gad Elmaleh. Tout, dans le Blond, exprime la réussite, la discrétion et l'efficacité, du moins aux yeux du Séfarade conscient du désordre et du tintamarre dans lequel il baigne. Contrairement au Séfarade, le Blond a un parcours sans faute. Il ne se fait pas remarquer, si ce n'est par sa sobriété. Le Blond excelle dans toutes les matières, il est rapide, tiré à quatre épingles, adroit et prévoyant. Ses enfants se comportent comme le petit Lord Fauntleroy : on ne les entend pas. Leur père les a mis sur des rails dont ils ne dévient pas, tandis que les enfants de Gad Elmaleh (du fictif Gad Elmaleh, pas celui qui a épousé Charlotte Casiraghi, la fille de Caroline de Monaco) sont intenables. Quand ils dessinent, les enfants du Sépharade dépassent des contours, ils gribouillent. Quand ils se nourrissent, ils éclaboussent la pièce entière. On n'entend qu'eux et leur père. Les enfants du Blond restent dans le cadre. Seymour Levov semble aussi parfait que le Blond, mais il ne l'est pas tout à fait, puisqu'il est juif, même si son physique et son aisance indiquent plutôt un protestant. En Jean-Michel entraient le Blond, le Suédois, et un peu de Gad Elmaleh. Depuis que j'ai vu *Reste un peu*, le film réalisé par l'humoriste sur sa conversion au catholicisme, je le rapproche plus encore de mon père, d'autant que ce film dresse l'éloge de Lustiger. Gad Elmaleh tient à la main un sac en plastique quand il arrive à Paris chez ses parents, depuis Los Angeles. Il apporte également une énorme valise, dans laquelle il a caché la statue de la Vierge Marie, à laquelle il tient.

Kamel me téléphone : « C'est un chef-d'œuvre. » Il veut parler du *Juif imaginaire*. Alain Finkielkraut a écrit cet essai lorsqu'il avait trente ans et Kamel vient de le lire. Il hurle toujours, même au téléphone. Être en sa compagnie dans un lieu public est une épreuve parce qu'il ne parle jamais à voix basse. Il lui est arrivé de commenter à tue-tête, à la terrasse d'un café, ce qu'indiquait une bandelette urinaire sur laquelle je venais de pisser. Je sentais s'installer une cystite et Kamel voulait vérifier mon diagnostic avant de me prescrire des antibiotiques. Je lui ai rapporté la bandelette trempée en sortant des toilettes du café : « Ah oui, y a même du sang dans ton urine, ma chérie. » Tous les clients l'ont entendu. Kamel me rappelle souvent ceci : « Le symptôme est ton allié. »

Depuis longtemps, Kamel me parle d'Alain : « Finkielkraut, il est comme moi. Tous les deux, nous avons dû nous battre pour devenir ce que nous sommes. C'est pour ça qu'il ne supporte pas la jeunesse actuelle, celle qui ne fournit pas d'effort, ne se cultive pas, manque de civilité. » Il y a quelques années, Kamel a soigné Alain. Il me l'a confié, tout en respectant le secret médical. Kamel a apprécié le comportement d'Alain : il l'a trouvé chaleureux, rieur, curieux du médecin qu'il avait en face de lui. Mon ami ne s'y attendait pas : « Je suis arabe, quand même, et ça se voit sur ma tête. » Kamel aimerait écrire à Finkielkraut pour qu'il sache tout le bien qu'il pense du *Juif imaginaire*. Je suis certaine que, s'il se décide à la rédiger, cette lettre sera lyrique, trop longue, tendre et intelligente. Alain sera touché par le contenu de la missive, j'espère que cette lettre existera. Kamel a des tics de langage : « Je te l'dis, moi, tu verras. Dans quelques années, tu diras : Mon Kamel avait raison. » Ou encore : « C'est violent, pour moi, de voir ça chez les patients. Je te jure ma chérie, c'est vi-o-lent. »

Il qualifie Raphaël de *lumineux* et de *solaire*. Il avait remarqué l'impressionnante musculature de mon fils alors qu'il était âgé de seulement trois ou quatre ans : « Regarde les cuisses qu'il a ! » J'ai noté que les patientes agacent davantage Kamel que les patients. J'ignore pourquoi, une pointe de misogynie, peut-être. Je me souviens d'une tentative de suicide pour laquelle il avait été appelé dans un lycée, à l'époque où il travaillait chaque jeudi au SAMU de Garches. Une lycéenne avait abusé de Doliprane, ce que le foie ne supporte pas. Le SAMU était arrivé à temps pour la sauver. L'absence d'empathie de mon ami à travers le récit qu'il faisait de l'intervention, l'hostilité même que lui inspirait la lycéenne m'avaient surprise. L'énervent les parents qui, pour retourner travailler le plus vite possible, demandent un traitement de cheval pour leur enfant malade. D'après Kamel, ce sont des exigences de beaux quartiers. Je doute que ce comportement leur soit réservé. Kamel, qui force son accent gouailleur parisien, connaît Paris comme sa poche, mais depuis quelques années il concentre ses visites sur la rive gauche, « parce que traverser la Seine, même en scooter, c'est devenu infernal. C'est pas une question de quartiers populaires ou quoi ou qu'est-ce, hein. De toute façon, maintenant, avec les bobos, il y a presque plus de quartiers pauvres rive gauche que rive droite. » Ma grand-mère, la petite-fille de *Mamie de Jouvenel*, a croisé Kamel, un jour. Elle marchait avec moi rue de Varenne, dans le VIIe arrondissement, quand Kamel est arrivé à notre hauteur, à scooter. Il s'est arrêté, souriant. Les passants ont tous profité de notre conversation. Ma grand-mère est tombée sous son charme. Elle aimerait que les Urgences médicales de Paris lui envoient Kamel en cas de pépin mais elle peut toujours rêver, jamais il n'ira vers l'avenue de Flandres, à la lisière du Xe et du XIXe. Quand il décrypte la façon qu'a Untel ou Untel de penser et de fonctionner, Kamel ajoute à la fin de ses phrases : « tac tac tac tac, tac tac tac ». Je crois que cela veut dire que nous réagissons tous trop vite, guidés par une foule d'automatismes. Kamel apprécie les patients cultivés, et posés. L'autre jour, il a soigné un couple de trentenaires normaliens. Il a pris plaisir à passer du temps avec eux : « Très vite, tu sens que ça sait de quoi ça parle. » Il se répète en scandant sa formule : « ÇA SAIT – DE QUOI – ÇA PARLE. »

Mon ami est secret. Il ne m'a jamais invitée chez lui, dans le XVe, près du parc Georges-Brassens. En 2015 je l'ai interrogé pour une série de France Culture sur la psychanalyse. Après la diffusion, des auditeurs m'ont parlé de lui, de son originalité et de son analyse interminable. Un autre intervenant avait marqué les esprits en racontant le rêve qui hantait ses nuits pendant son analyse. Pour une fois, un récit de rêve n'était pas ennuyeux. Il voyait un bloc de béton posé dans le désert et l'interprétait comme la représentation d'un coffre-fort géant et impénétrable : le cœur du réacteur de son chagrin. Le jour où cet homme a réussi à pénétrer à l'intérieur du bloc, son rêve a cessé de revenir et l'analyse s'est arrêtée. Dans cette même série, un psychanalyste se disait *irrité* d'entendre les patients parler de *leur* psychanalyste, se l'approprier en disant *mon psy*.

Kamel est étranger aux univers que charrient mes familles paternelle et maternelle, mais son intelligence et son intuition lui permettent de les percer à jour. Au gré de ses visites aux malades, il rencontre des doubles de mes proches. Il y a quelques années, je n'avais pas eu besoin de lui décrire longtemps mon grand-père maternel avec lequel j'étais en froid pour qu'il détecte en lui un patriarche du monde d'avant.

Ce grand-père s'appelait Charles Baur, un nom dont la forme originale était *Bauer*, mot qui en allemand signifie « paysan ». Son père et sa mère étaient des Juifs alsaciens. En premières noces, Charles avait épousé ma grand-mère, Francine. Il eut ensuite deux autres épouses, non juives : Jacqueline, et de nouveau une Francine. Charles est le père de deux filles, Sophie, ma mère, et Myriam, la fille de Jacqueline. Il aurait aimé avoir un fils. Charles est mort dans son sommeil d'une crise cardiaque alors qu'il était en vacances au Maroc, le 2 janvier 2015. Quatre mois plus tôt Raphaël et moi avions passé trois jours chez lui à Crépy-en-Valois, dans l'Oise. À la fin du séjour, mon grand-père dit à Raphaël, devant moi : « Un seul être vous manque et tout est dépeuplé », en précisant que ce vers était de Lamartine. Cette déclaration d'amour et de manque m'était aussi adressée. Charles et sa femme, Francine, ont été pour moi à leur façon un père et une mère.

Né en 1929 dans une famille de la bourgeoisie d'affaires juive assimilée, Charles fut un enfant caché pendant la guerre. Quand je naviguais entre les deux familles, je ne disais rien d'un camp à propos de l'autre. Chacun aurait été stupéfait. La désinvolture des Bloch-Lainé aurait choqué les Baur, et la rigidité des Baur aurait horrifié les Bloch. Chacun aurait eu raison à quelques endroits. Lorsque par hasard je remarquais une pointe de ressemblance entre les deux familles, j'étais rassurée. Même si elle était vague, la similitude rendait les Baur plus tendres. Elle les ramollissait dans le bon sens du terme et crédibilisait les Bloch en leur insufflant de la rigueur. Dans ces instants de ressemblance, les Bloch-Lainé s'éloignaient des marges et les Baur gagnaient en légèreté, en douceur, en subtilité. J'étais tantôt favorable à un camp, tantôt à l'autre.

Charles mesurait plus d'un mètre quatre-vingt-sept. Je pensais qu'il était encore plus grand : « Tu crois ça parce qu'il avait les épaules hautes, explique ma mère, comme moi. C'est amusant, nous n'avons pas le même corps, toi et moi. » Charles avait un long nez pointu, des yeux verts en amande et une mâchoire carrée. Il était beau et strict. Il lui arrivait de penser trop droit, sans détour. Il ne disait pas de mal des gens, cela ne se faisait pas. Sa sensibilité au féminisme était nulle et son goût pour les femmes, grand. Il les appréciait coiffées et maquillées. Une femme non apprêtée commettait selon lui une faute. À son époque, les dames fixaient leur brushing avec la laque Elnett, de L'Oréal, dont l'odeur ne s'oublie pas. Charles plaisait et en était heureux. Son père s'appelait Marcel. Mon grand-père racontait de quelle manière Marcel l'humiliait, y compris pendant la guerre. Marcel se moquait de son fils qui, caché en Auvergne, plantait des patates : « Tu seras bon qu'à ça », lui lançait Marcel. De ces années, Charles a conservé des symptômes. Il avait des migraines et des maux de ventre que les cachets, au fil des ans, ne calmaient plus. Il buvait très peu d'alcool et disait : « J'aime le chocolat mais c'est le chocolat qui ne m'aime pas depuis qu'à douze ans, j'ai eu une hépatite. » Il se montrait inquiet de mon avenir, notamment financier. Le week-end, dans sa maison de Crépy-en-Valois, Charles prenait le thé au moment de ce qu'il appelait le *tea time*. Il prononçait cette expression avec un sourire, conscient de son ridicule, mais jamais il ne l'aurait échangée contre sa version française. Il se raccrochait à des traditions qui n'étaient pas les siennes. Si Charles a aimé un enfant, c'est moi, lui qui n'avait pas bénéficié d'un amour inconditionnel de la part des siens. Francine, sa troisième femme, mère d'un fils né d'un précédent mariage, me présentait toujours ainsi : « La fille que je n'ai pas eue. » Chez Francine et chez Charles, j'étais chez moi.

Il veillait à l'observation de quantité de règles, même si lui-même a dérogé à quelques-unes. Il était élégant, mais autrement que l'était mon père. Le chic de Charles, s'il était spontané, était aussi entretenu. Ses ongles étaient parfaits, il se parfumait, assortissait ses écharpes à ses manteaux. À partir de la soixantaine il s'est teint les cheveux. Même s'il n'avait pas été chauve, mon père n'aurait jamais fait ça. J'ai toujours connu Charles faisant quelques mouvements de gymnastique le matin, trois fois rien, un enchaînement bref, inutile. Il était aussi peu comique que l'était mon père mais il appréciait l'humour des autres. Il me demandait des imitations – ma réputation d'imitatrice avait dépassé la rue de la Bûcherie. Des années après le divorce de mes parents, Charles riait encore aux larmes en se rappelant les plaisanteries de mon père. Sans doute Jean-Michel était-il l'être le plus divertissant et original que Charles eût fréquenté. Il le voyait comme un paladin de la vie de bohème égaré à l'inspection des Finances.

Charles avait des difficultés à prononcer les noms propres, et les mots longs. Il butait dessus, non à la manière d'un bègue, plutôt comme le ferait un dyslexique. Chez un bègue les mots se bousculent au portillon, tandis que chez Charles quelque chose ne passait pas. Quand il trébuchait, je l'aimais plus encore. Lui qui veillait à ne jamais être pris en défaut de perfection pataugeait enfin, se délivrait des exigences qui le serraient de près. À cause de la guerre, Charles avait pris du retard sur le niveau scolaire de sa classe d'âge. Il avait cavalé pour rattraper le temps perdu. Il était cultivé et savant en histoire politique, dévorait les journaux et les livres politiques recommandés par les classements des meilleures ventes, des livres à mourir d'ennui.

Accueillant, généreux, Charles était riche. Héritier d'une petite fortune, il fut un industriel habile et prospère. Son entreprise commercialisait notamment une marque de colle dont une publicité vantait les mérites à la télévision : un homme tenait tête en bas, pieds collés au plafond. Charles fit aussi une carrière d'homme politique. Adhérent de la SFIO à ses débuts, il est parti vers la droite, à l'UDF. Il aimait Giscard. L'une de mes sœurs a fondu en larmes à l'annonce du résultat de la présidentielle de 1974. Mon père, ma mère, mes sœurs et moi (j'avais un an) étions à Crépy-en-Valois ce jour-là. Charles se réjouissait de la défaite de Mitterrand alors que mon père la regrettait, même s'il n'a pas cru que *tout devenait possible* en 1981. Quelques années plus tard, grâce à Mitterrand, dans mon école privée du VIe arrondissement parisien, tous les élèves ont porté le badge qui disait *Touche pas à mon pote*. Théoriquement, leurs parents étaient favorables à l'inclusion et défavorables au racisme. Pratiquement, ils ne savaient même pas ce que racisme, mixité sociale et exclusion signifiaient. Ni moi ni mes amis ne le savions, et j'ai adoré cette école. Récemment un ministre de l'Éducation nationale a scolarisé ses enfants dans ce même établissement mais pour les enfants des autres, il s'est déclaré partisan, militant et architecte d'une imminente mixité sociale.

À vingt-quatre ans, mon grand-père fut élu maire de Villers-Cotterêts. Il l'est resté trente-cinq ans. Il fut aussi député européen, député de l'Aisne, et président du Conseil régional de Picardie entre 1986 et 2004. En 1998, coup de tonnerre, il s'est allié au Front national « pour ne pas livrer la région aux communistes et à leurs alliés trotskistes ». Son choix lui valut une exclusion de l'UDF. Quelques personnes ont alors rapproché Charles de son oncle, André Baur, nommé en 1941 vice-président de l'UGIF, l'Union générale des Israélites de France. Créé par Xavier Vallat sous la pression de la police allemande, l'UGIF fut chargée de recenser les Juifs de France, ce qui a abouti à la constitution d'un fichier, lequel a été utilisé à des fins dramatiques. Les Juifs avaient l'obligation d'adhérer à l'UGIF, mais certains se sont soustraits à cet impératif. Lors de la rafle du Vel' d'Hiv, la police a mené les arrestations grâce à ce fichier. Le 17 décembre 1943, André Baur, sa femme Odette et leurs quatre enfants âgés de dix, huit, six et trois ans furent déportés de Drancy vers Auschwitz, où ils furent assassinés. L'éthique d'André Baur n'était pas discutée par Charles, et sans doute avait-il raison de ne pas le juger car son oncle avait cru bien faire. Il était hors de question, devant Charles, de parler de *collaboration* pour qualifier l'attitude de son oncle.

Je mettais la rare dyslexie et les migraines chroniques de Charles sur le dos de son père et sur celui d'André Baur. S'il y avait une personne avec laquelle discuter de la circulation entre l'âme et le corps était impossible, c'était Charles. Philip Roth écrit dans *Patrimoine* que son père avait « au plus profond de son être » un « inaltérable noyau d'ignorance quasi préhistorique ». Eh bien Charles, quand il s'agissait de la somatisation et de la vie psychique, souffrait de ce même handicap. Quoique, pas tout à fait. Comme Jean-Michel, il faisait preuve parfois d'une intelligence analytique inattendue. Quand je m'aventurais à commenter les agissements de la famille, il m'arrêtait : « Ne parle pas trop. »

Denise, la mère de Charles, était l'une des rares femmes de son entourage et de sa génération à être bachelière. Je ne mesurais pas à quel point elle avait raison d'en être fière, sans vantardise néanmoins. Étrangement, Charles n'insistait pas sur cet exploit. Le niveau d'études n'était pas dans le collimateur de ses exigences, pourtant hautes à d'autres égards. S'il avait eu deux fils, et non deux filles, si j'avais été un garçon, aurait-il raisonné autrement ? L'assimilation et la relégation de la religion dans la sphère privée étaient les règles, chez lui. Denise, sa mère, croyante et pratiquante, les a acceptées, en contrepartie de quoi pendant quarante ans elle a passé les week-ends chez Charles et Francine à Crépy-en-Valois. Elle allumait la menorah le vendredi soir seule dans sa chambre, soustrayant ce rituel aux yeux de son fils et de sa belle-fille. Je pouvais y assister si le cœur m'en disait en venant dans sa chambre. En famille nous ne fêtions que Roch Hachana. Seuls Denise, Charles, et François, le frère de Charles, parlaient hébreu. Mon grand-père fêtait Kippour tout seul, en s'enfermant la journée avant de se rendre le soir à la synagogue de la rue Copernic. Ces jours-là, il avait encore plus *mal au crâne*.

Quand elle a rencontré mon père et sa famille, ma mère a dû tomber des nues. Elle avait vingt et un ans, soit treize ans de moins que mon père. Ils se sont mariés en 1971. D'après l'une de mes sœurs, entre eux ce fut l'amour passion. Ma mère était « belle comme Sophia Loren ». Ma sœur accompagne ces mots d'un geste de la main qui veut dire « Elle avait du chien ». Elle a, c'est vrai, un côté « Après moi le déluge ». Toujours d'après ma sœur, Sophie fut « le grand amour de papa ». Ma mère avait les cheveux noirs quand elle était très jeune, puis elle les a teints en blond et je ne l'ai jamais vue dans sa couleur naturelle. L'une de mes sœurs m'a raconté que, lors d'un voyage à Rome que firent ma mère et Jean-Michel, un homme en la croisant a crié : « Oh, la belle Juive. » Peut-être est-ce cette remarque qui l'a incitée à éclaircir ses cheveux. Sophie aimait boire, voyager, danser, sortir, mais Jean-Michel était très occupé et n'avait plus vingt ans. En épousant mon père, Sophie s'est retrouvée avec trois belles-filles à temps plein. La cohabitation ne fut évidente pour personne. Sophie n'avait pas la fibre maternelle, mon père rentrait tard, ma mère le supportait mal, mes sœurs aussi. J'ai recomposé l'homme d'avant en écoutant mes sœurs le célébrer. Avant d'être mon père, il était le leur. L'une d'elles dit : « Petit à petit, papa s'est engouffré dans une vie de notaire. » Si son jugement est dur à plus d'un titre, il n'est pas faux. Jean-Michel a perdu sa fantaisie. Il douchait mes enthousiasmes par le récit des malheurs qui brisaient les existences d'amis à lui, des personnes que je ne connaissais même pas : « Je t'ai dit que le fils des Fournier avait fait un AVC ? Un enfant de huit ans, seulement. Mesure la chance que tu as d'être en bonne santé. » Redoutant sa tristesse et sa noirceur, je me tenais en retrait, et il ne parvenait pas à me faire bouger. Un ministre et grand lecteur de romans dont j'ai écrit le portrait m’a dit : « Je ne me demande pas si une vie est réussie ou pas, mais si une vie s’ouvre ou se ferme. » Une femme dont j’ai fait le portrait m’a présenté son père ainsi : « Il était très intelligent, et très névrosé. Pessimiste, négatif. Je crois que c’est la raison pour laquelle il n’a pas eu une belle carrière. »

Clément m'a proposé de lire mon manuscrit pour me donner son avis. Il me veut du bien, je lui ai dit banco. Depuis trente ans Clément me suit, même de loin, à la manière d'un allié, d'un protecteur. Comme Kamel, il incarne la sécurité. Il connaît mon palmarès, mes faux pas, mes erreurs, mes rares succès. Il reste joignable même lorsqu'il voyage au bout du monde. C'est avec lui que j'ai amélioré mon tout premier article pour le journal, la critique d'un récit autobiographique intitulé *Mélodie*, et sous-titré *Chronique d'une passion*. L'auteur, Akira Mizubayashi, raconte l'histoire de sa chienne, Mélodie, qu'il adorait comme d'autres sont attachés à leurs enfants ou à leur conjoint : « Elle était comme un enfant sorti d'un acte d'amour, des ébats amoureux brûlants dont nous aurions été les acteurs, ma femme et moi, désirant la venue d'un enfant au monde. » La suite est plus troublante encore : « Elle était ma vraie fille, une fille incarnée dans une chienne que, dans une histoire fabuleuse d'une civilisation ignorée, j'aurais eue, transformé en chien, d'un coït pratiqué avec ma femme également transformée en chienne. » Quand la chienne, malade et agonisante, a passé l'arme à gauche, l'auteur s'est senti coupable de ne pas être auprès d'elle dans cette ultime étape. À partir de cet épisode, Mizubayashi dresse le portrait d'un autre agonisant qu'il a involontairement abandonné, son père. Akira Mizubayashi n'est pas non plus arrivé à temps à ses côtés. Clément se donnait du mal pour améliorer mon article, jusqu'à ce qu'il me dise : « Je ne suis pas sûr de pouvoir t'aider. Je n'aime pas les chiens et je ne comprends pas que l'on puisse en porter le deuil. » Fallait-il, dans l'article, souligner la proximité établie par l'auteur entre la femme et la chienne ? J'ai préféré ne pas en rajouter ; citer le livre suffisait. À cette occasion, Clément m'a appris un dicton : « Chienne au lit, pas chienne dans la vie. »

Après avoir lu une version de ce qui deviendra mon livre, Clément dit : « Murat, tu ne peux pas le laisser dans cet état. On dirait un homme objet. » Désolée mais je ne peux rien pour Murat, je le garde comme il est. Il est un homme objet comme je suis pour lui une femme objet. Il propose parfois que l'on se voie seulement le temps de faire l'amour et si je refuse, il répond, maintenant qu'il sait qu'il a sa place dans mon livre : « Je te rappelle que dans ton livre, je suis ton amant. » Clément grommelle, il est agacé par ma fin de non-recevoir. « Ah bon ah bon, alors si c'est un homme objet, laisse le pauvre Murat en l'état. » C'est l'homme, en Clément, qui a jugé ces passages dont Murat est le héros. Mon ami pense en outre que mon livre compte trop d'ellipses : « Il faut écrire comme si on était un homme mort. » Clément pense-t-il à la même chose que moi, après avoir prononcé cette phrase ? Je ne suivrai pas son conseil, je ne dirai pas tout. Qui ose tout dévoiler, dans un livre ? Depuis le suicide de Dominique, je crois souvent entendre une allusion à sa mort, ou à son caractère, là où les autres n'entendent rien de particulier. Parfois même ils ignorent ce qui est arrivé.

En juin 2022, j'assiste avec deux amis à une séance de la Conférence du stage au Palais de Justice de Paris. Ouvert aux avocats qui ont déjà prêté serment, ce concours d'éloquence aboutit à l'élection de douze secrétaires de la Conférence, douze avocats qui se distinguent par leur maîtrise des ruses rhétoriques et par leur culture littéraire.

Devant le jury, peu importe la rationalité de ce que l'on raconte, l'essentiel est d'être habile, surprenant, truculent, cabotin, de jouer avec les mots jusqu'à l'absurde. Un an après leur élection, les lauréats assument des missions de défense pénale. Ils sont commis d'office devant la cour d'assises et plaident des dossiers de comparution immédiate. La soirée se déroule dans la solennelle bibliothèque de l'Ordre. La coutume veut qu'une personnalité soit invitée, et ce soir-là la vedette s'appelle Emmanuel Carrère. Assis parmi le jury composé des douze secrétaires de l'année précédente, l'écrivain vient de couvrir pendant neuf mois, pour un hebdomadaire, le procès des attentats du 13 novembre 2015 contre le Bataclan et des cafés parisiens. Le soir de cette séance de la Conférence du stage, le verdict est sur le point de tomber et la mission d'Emmanuel Carrère de s'achever. Tandis que les avocats se succèdent au pupitre, Carrère pique de petits roupillons. Je le photographie avec mon téléphone et j'envoie les clichés du grand écrivain endormi à Raphaël. Les prestations des candidats sont de valeur inégale mais, à la fin de la soirée, un homme sort du lot. Il est de loin le meilleur. En dix minutes il traite le sujet suivant : « Faut-il tuer l'adversaire ? » En répondant par la négative, l'orateur dresse le portrait d'un homme (imaginaire) qui mourrait si on lui interdisait l'accès à la fiction. Le discours est un éloge de la fiction narrative et une allusion au livre de Carrère, *L'Adversaire*, dont le héros, Jean-Claude Romand, a bel et bien existé. Il a assassiné sa femme, ses deux enfants et ses propres parents le 9 janvier 1993. Cela faisait dix-huit ans qu'il mentait. Il faisait croire à son entourage et en premier lieu à son épouse, pharmacienne, qu'il était médecin, alors qu'il n'avait pas dépassé la deuxième année d'études de cette discipline. Romand et sa femme vivaient dans l'Ain, département frontalier de la Suisse, et il prétendait travailler pour l'Organisation mondiale de la Santé dont le siège est à Genève. En escroquant ses parents et ses beaux-parents, Jean-Claude Romand récupérait de petites sommes d'argent. Il passait ses journées dans sa voiture, garé sur des parkings, terré dans le gouffre du mensonge. À la sortie du Palais, l'un de mes amis commente le discours épatant de l'avocat : « Comme quoi, quand on joue le jeu de la fiction, on est toujours gagnant. » Je pense à Dominique, à mon père et à Jean-Claude Romand, afin d'évaluer la pertinence de cette analyse.

Quelques jours après la soirée au Palais de Justice, je retrouve Murat à la table d'une brasserie place de la Bastille, près de chez lui. Il commence par m'ôter une écharde fichée depuis la veille dans mon index droit. Depuis que je l'ai rencontré, Murat d'une façon ou d'une autre m'ôte des charges. Il m'allège. Pour accomplir cette opération, il demande au serveur si quelqu'un dans son équipe possède une pince à épiler. Une serveuse en sort une de sa trousse de maquillage et Murat intervient en silence. Ensuite, je me lance, je lui annonce qu'il est un personnage de mon livre. « Si c'est un roman, peu importe. C'est amusant, flatteur, même. » Ce n'est pas un roman, c'est autobiographique, et tu apparais derrière un pseudonyme : « Je t'ai appelé Foch. » Murat n'est pas contre le principe du pseudonyme, mais il préférerait que j'en choisisse un autre : « Foch était un imbécile, une vieille baderne. » Il propose à la place *Murat*, marché conclu. Je lui montre sur l'écran de mon téléphone à quoi ressemble mon texte : « On dirait une réunion de famille à laquelle tout le monde est convoqué. C'est une avalanche, une cavalcade. Murat, ce n'est pas moi, c'est toi. » Nous commandons tous les deux la même salade composée : œufs durs, thon, olives, et feuilles de laitue fatiguées. Nous sommes en juillet, Paris est écrasé de chaleur. C'est sur mon assiette et non sur la sienne que les guêpes arrivent en piqué. Elles laissent Murat tranquille, sans doute parce que sa salade baigne dans la vinaigrette alors que la mienne est vierge de sauce. Avec sa fourchette il écrase une guêpe, puis deux, puis trois. « Évite quand même de les avaler. » Je ne touche plus mon plat, ça le contrarie. Nous marchons sans échanger un mot vers sa voiture, sans nous prendre par la main. Il m'ouvre la portière : « À partir du moment où tu ne racontes pas nos nuits dans ton livre, ça va. » Je raconte un peu nos soirées, en revanche. Nous n'échangeons pas un mot. J'ai faim, je pense aux guêpes qui ont colonisé mon assiette et à l'insensibilité de Murat. Elle cohabite avec une façon de répondre présent et de me demander régulièrement de mes nouvelles qui m'attache à lui. Il le sait, d'ailleurs, parce que ce soir-là il met un terme au silence en disant : « Je suis infidèle, mais je crois que je suis fiable. En cas de difficulté, je suis là.» C'est vrai. Je passe la nuit dans sa maison, en sécurité, délestée de mon écharde, lui à une extrémité du lit, moi à une autre, parce qu'il ne parvient pas à dormir *contre une femme*. Murat n'éteint jamais son portable afin que l'hôpital puisse le joindre au cas où. C'est moi et non lui qui ai le sommeil haché par les SMS qu'il reçoit. Le lendemain je me réveille avant lui, je lis le journal, assise par terre près du chien, le chat posé en boule sur mes genoux pliés en tailleur. J'essaie de trouver un titre à mon livre. Une amie me conseille d'établir une liste de mots, de choses et d'expressions qui me viennent à l'esprit lorsque je pense à mon père. À coup sûr un titre se dégagera du lot. Elle ajoute: «J'adore les titres de Modiano. Ce sont des mots qui désignent des petites choses simples dont le pouvoir évocateur est très fort. *Encre sympathique* est un bon exemple; *La Place de l'étoile*, c'est carrément génial. Ce ne sont pas des mots fourre-tout. Replonge-toi émotionnellement dans ton livre, et dresse cette liste sans trop réfléchir.» Je veux bien mais les termes qui me viennent lorsque je pense à mon père ne sont pas des titres envisageables: *drames, catastrophes, complications, jambon cru, Pays basque, jeep, survêtement, coussin péteur, guitare.* Malheureusement *Revu et corrigé*, *Le Premier*

Homme, *Un homme*, *Un homme, un vrai* sont déjà pris. Premier arrivé, premier servi. Murat se réveille, il me prépare un autre thé, se fait un café et me demande ce qui m'a plu chez Dominique dont, après le suicide, il a lu plusieurs nécrologies. « Ce n'était pas n'importe qui. » Certes, à plus d'un titre. Il aimerait que je lui en brosse un portrait. Les bons souvenirs viennent difficilement tandis que les mauvais se pressent. Je fais au mieux.

Dominique était un professeur d'histoire brillant et reconnu de la Sorbonne, élu à son poste à quarante ans, ce qui est jeune. Son siècle était le dix-neuvième ; ses domaines, le crime, le bagne, les bas-fonds, les délinquants, les marginaux, les laissés-pour-compte, les mutilés, les prostitués, tous ceux qui habitent l'obscurité. Pour un ouvrage collectif intitulé *Le Magasin du monde. La mondialisation par les objets du XVIIIe siècle à nos jours*, Dominique a rédigé un article sur le revolver. Le livre est sorti après son suicide. À sa mort, aucun papier n'a établi le lien entre ces terrains de recherche et son tempérament. J'ai mis du temps à faire le rapprochement, mais il m'est tout de même apparu en cours de route, avant la fin. J'ai lu *Deuil et mélancolie*, de Freud, je sais que le grand mélancolique se sent à la fois vide et rempli de nuit.

Il était si gracile qu'il semblait fait de porcelaine. Il était beau, élégant, élancé. Sa ligne était l'objet d'une attention quotidienne. Il s'obligeait à la diète quand il avait fait des excès. Il avait un visage rectangulaire et des yeux légèrement bridés. Il était d'origine aveyronnaise et il paraît que les traits asiatiques sont fréquents chez les natifs de la région. Il avait des dents blanches que ses cheveux noirs et son teint mat mettaient en valeur. C'était un dandy. Il s'habillait tous les jours de la semaine en costume et chaque matin il en choisissait un différent. Le soin qu'il portait à ses tenues et à son apparence ne l'empêchait pas de circuler à vélo. La maîtrise était une obsession, maîtrise de ses journées, de son temps de travail, de son temps libre ou du plan de ses livres. Il était ponctuel. Avant de se rendre à un colloque, il remplissait avec soin une valise cabine et la pesait à l'aide d'un objet spécialement conçu pour vérifier que les douze kilos tolérés par les compagnies aériennes n'étaient pas dépassés. Je n'ai jamais vu cet appareil en possession de quelqu'un d'autre. Il imprimait ses billets à l'avance, préparait ses tickets de métro, vérifiait l'heure des RER pour rejoindre Roissy ou Orly depuis la station Luxembourg. Il n'arrivait ni trop tôt ni trop tard. Chaque soir il établissait son *programme* du lendemain au quart d'heure près. Il accumulait les responsabilités académiques et briguait tous les postes en jachère : directeur d'un laboratoire et d'un autre, d'un jury de thèse, d'éditions universitaires, conseiller scientifique d'un musée, d'une exposition, chef de ceci et de cela. Il était grand voyageur et très attaché à sa carte Air France American Express Gold, au point de compter ses miles à l'unité près. Ce goût du voyage m'a paru vivant et exotique, très plaisant. Partout où il allait, je le suivais. Une vraie potiche. Pour commencer, trois mois après notre rencontre je l'ai accompagné à Buenos Aires, puis à Rio. Pendant que lui donnait des conférences, je lisais avec ferveur *Le Dossier M*, de Grégoire Bouillier, un livre autobiographique de mille pages qui s'ouvre sur un suicide et qui se prolonge sur une histoire d'amour malheureuse. Je devais écrire un article sur *Le Dossier M* pour mon journal. J'en ai rédigé les neuf mille signes à Rio, dans le quartier de Botafogo, au premier étage de la librairie Travessa, où se trouvait un café. Le soir nous allions danser au Scenarium. C'était divin. J'avais remarqué que Dominique parfois s'assombrissait à la vitesse de la lumière et partait s'asseoir, la mine fermée. Emmanuelle, l'historienne qui deviendra une amie proche, était du voyage. Je la découvrais. Lorsque Dominique quittait la piste de danse sans me dire un mot, je continuais de danser avec elle en pensant au livre de Grégoire Bouillier et à la différence entre mon bonheur et les affres que connaissait le narrateur du *Dossier M*. Pourquoi se compliquer la vie ainsi, en amour ? Pourquoi bouder son plaisir ? Quel rabat-joie, ce Bouillier. Lors d'un déjeuner avec d'autres historiens, à table, un homme m'a demandé ce que je faisais dans la vie : « Je suis la compagne de Dominique. » De la bouche de la femme assise à ma gauche, que je ne connaissais pas, a jailli « Oh punaise, elle se présente comme ça ! » J'ai ri, bêtement, et j'ai pris la mesure du problème.

De retour à Paris, j'interroge le fameux Bouillier pour une série radiophonique dont le thème est l'amour. L'entretien a lieu chez moi, dans une relative intimité propice aux confidences. Hors micro je lui raconte ma vie sentimentale. Il est curieux et il insiste pour en savoir plus. Nous nous amusons, je lui en dis beaucoup. Mon histoire n'a que quelques mois, je ne freine pas mes chevaux. Je trouve Bouillier intelligent, agité, et pessimiste, dans la façon dont il interprète mon récit et mon enthousiasme. Ma situation sentimentale a tout de même pris un virage qui devrait forcer son admiration : célibataire pendant treize ans, j'ai trouvé l'homme avec lequel finir ma vie. Je ne me doute pas de ce qui nous attend, Dominique et moi.

Dominique aimait l'Amérique centrale depuis qu'il avait passé deux ans comme coopérant au Panama. Il cuisinait des plats pimentés et manifestait aux fourneaux la même recherche de perfection, le même esprit de sérieux que dans la rédaction d'un compte rendu de thèse. Il aimait la musique caribéenne et la cumbia en particulier. Deux étés avant sa mort, chaque matin, il a coupé l'herbe du jardin de sa maison de l'Allier avec des ciseaux de cuisine. Il souhaitait lui donner de la vigueur. Les gens du coin lui ont dit que c'était une folie.

Ses écrivains préférés étaient Maurice Leblanc et Arthur Koestler, l'auteur du *Zéro et l'Infini*. Son film préféré était *Cabaret*, de Bob Fosse, film d'atmosphère sur la montée du nazisme. J'ai pensé à *Cabaret* en visitant une exposition au

Centre Pompidou, *Allemagne / Années 1920 / Nouvelle Objectivité*. Dans chaque salle, ça sentait le sapin, la catastrophe imminente. Il aimait l'air que Miles Davis avait composé pour *Ascenseur pour l'échafaud*. Quelques mois avant que je le rencontre, il faisait du théâtre avec une troupe amateur. Dans une boîte à chaussures, il conservait une perruque blanche avec laquelle il avait joué une pièce. Il la portait de temps en temps à la maison, elle le faisait ressembler à Andy Warhol. Quand il l'avait sur la tête, son enthousiasme était troublant. Il disait: «J'adore monter sur scène, être applaudi.» Pourquoi n'allait-il jamais voir un spectacle? Pourquoi n'avait-il pas envie d'admirer de vrais comédiens? Il ne connaissait pas l'actualité théâtrale, ses interprètes, ses auteurs contemporains. «Je m'ennuie au théâtre quand ce n'est pas moi qui joue»: j'ai senti à ce moment-là que Dominique ne faisait pas le malin et que cette boutade était lourde d'un refus inquiétant, mais dont le sens était encore confus, pour moi. J'ai pensé: «Ne prends pas cette incuriosité pour les autres à la légère, elle cache quelque chose qui ne te plaît pas.» Je ne lui ai pas dit ce que j'en pensais. Notre relation commençait, j'ai mis mon intuition de côté et pensé que j'avais tort. Dominique a vécu le confinement comme du présent prolongé.

Le temps, pour lui, ne passait pas. À plusieurs reprises, la mine défaite, il a prédit un futur apocalyptique : il n'y aurait plus de travail nulle part pour personne, plus d'argent dans les caisses de l'État, plus de circulation possible d'un lieu à un autre, en France comme à l'étranger. Les amitiés s'éteindraient puisqu'elles ne seraient plus nourries de moments partagés. Les colloques universitaires seraient annulés à cause de ce virus mortel qui ne disparaîtrait jamais. Étudiants et professeurs ne se fréquenteraient plus que par écrans interposés. Des guerres civiles et des semaines sanglantes éclateraient. Son pessimisme n'était pas proportionnel à la situation, et pourtant Dieu sait que je ne suis pas optimiste. Je ne répondais rien, je n'avais pas de mots pour le rassurer et j'étais tétanisée. Plus il sortait du réel, plus mes illusions initiales m'abandonnaient, plus il me faisait peur. Il était hors d'atteinte, et je craignais sa réaction si je le contredisais. J'ai un besoin idiot et paradoxal d'avoir confiance en la personne que je m'apprête à contredire.

Murat m'est sorti de la tête, de l'eau est passée sous les ponts lorsqu'un journaliste me propose d'écrire un long article sur l'amour pour une revue. Il aimerait retrouver dans le papier la gaieté et la légèreté que j'avais mises dans la série radiophonique sur l'amour, enregistrée pour la radio en 2017, l'année de ma rencontre avec Dominique et avec l'écrivain lucide, Grégoire Bouillier. Je n'en suis plus là, mais je ferai de mon mieux. Les bonnes choses arrivent en escadrille puisque, quelques jours plus tard, je rencontre L. chez des amis. Les affaires reprennent. L. est haut fonctionnaire, comme mon père. Il est né la même année que Dominique. Bingo. Nous avons quatorze ans d'écart, c'est trop. « Il faut pouvoir vieillir ensemble », me dit une amie dont le couple est une réussite, mais pas un exemple. « Avec un tel écart d'âge, c'est impossible. L'un s'épuise trop avant l'autre. » Elle ajoute : « L. me plaît beaucoup à moi aussi, il a un charme fou. » Lorsque j'arrive chez mes amis pour le dîner, L. est là, assis. Il ne se lève pas pour me saluer. Je me rappellerai plus tard cette inertie parce qu'il la déclinera dans d'autres situations. L. sourit, il est rayonnant. Étonnamment à l'aise, il n'est pas séducteur, mais pas non plus contre l'idée de séduire. Il me fait l'effet d'être heureux de ce qui lui arrive en général dans l'existence, c'est séduisant. Sa tenue est négligée : il porte un pull camionneur troué sous une aisselle, et un pantalon informe. Il a un ventre plutôt gros et de petites jambes minces. Son laisser-aller vestimentaire est balayé par l'énergie qu'il dégage. Rayonnant, c'est le mot.

L. a des lèvres épaisses, une grosse tête, de jolis et pétillants yeux verts, les dents du bonheur, le crâne presque chauve et la peau dorée. L. est une brioche dorée. Sa voix est juvénile, enveloppante, amusée. Parfois, de façon fugace, elle transperce les aigus, comme celle de Clément. Mais chez L. ces pointes sont incontrôlées. Son tic : il ôte ses lunettes, se frotte les yeux, puis le nez, dans cet ordre-là, vite et jusqu'à dix fois de suite. Il sourit presque tout le temps ; est-ce bon signe ? Il dira plus tard, à propos de ce sourire permanent : « Je sais que c'est curieux. J'agaçais mes profs, au lycée. Ils croyaient que je me moquais d'eux. » Je le trouve très vivant, comme Murat. Mais contrairement à Murat, L. est un intellectuel, et je m'étais juré de ne plus avoir de faible pour un intellectuel. Chez nos amis communs, il est venu seul. Je découvrirai plus tard qu'il n'est pas vraiment célibataire. Il en a l'air, c'est déjà ça, et sa disponibilité apparente me grise. Sa présence est due à son expertise sur un sujet crucial : la réforme des retraites, à propos de laquelle mes amis ont envie d'entendre son avis. Le président de la République s'exprime dans *Pif Magazine*, une secrétaire d'État pose en couverture de *Playboy*, les Français sont dans la rue, les poubelles aussi. L. dit que « tout sent mauvais, la démocratie ne tient plus, les gens libèrent leurs passions mauvaises, comme dans les années 1930 ». Lui, en revanche, porte une eau de toilette qui dégage une bonne odeur citronnée. Nous nous installons autour de la table et il entame son analyse de la situation avant même la première bouchée. Nous buvons ses paroles (sur les retraites). Il passe d'un point à un autre en utilisant à l'excès cette cheville : « Alors, alors, alors. » L. ne s'exprime pas comme un technocrate car il s'est formé seul, en militant à l'extrême gauche dans les années 1970, en travaillant comme ouvrier, puis en passant dans différents cabinets ministériels, de gauche. Il est devenu haut fonctionnaire sur le tas. L. est un aventurier de la fonction publique. À chacun ses héros. Moi, ceux qui croient au lien social et au bien commun me font de l'effet. Je démarre sur les chapeaux de roues, je fais en sorte de le revoir. Je mets les pieds dans le plat : « Vous me plaisez. » Il répond sobrement : « Je comprends bien. »

Il dira plus tard : « Je suis content que tu sois venue me chercher. » L. arrive comme il est : il est à prendre ou à laisser, et j'ai très envie de le prendre. Chaque fois que je le vois, je suis heureuse et le lui dis. Je prends sa tête nue entre mes mains, je l'embrasse, je le bichonne, il se laisse faire. Il plisse les yeux comme un chat content et il ne répond rien, pas même « Moi aussi, je suis content ». Au mieux, il lâche un « Si ça ne me faisait pas plaisir, je ne serais pas là. » Je souris, un rien m'enchante. J'accepte tout. L. ne m'adresse jamais un compliment mais je crois le contraire, parce qu'un jour lui vient une gentille remarque. Avant de partir de chez moi, à 8 heures du matin, il se retourne vers le salon : « On sent qu'il y a beaucoup de goût, ici. »

L. est une sphère. Ses avant-bras et ses mollets sont doux, son torse est couvert de poils très courts et blancs, de minipelotes. Pendant l'amour ou lorsque nous dormons, L. m'entoure et me serre fort contre son gros ventre chaud. Un matin je lui demande de se mettre au-dessus de moi et de peser sur moi de tout son poids pour voir l'effet que ça fait. Allez, lâche tout. Il le fait et il ne m'écrase pas. Il est même léger. Comment fait-il ? Qu'est-ce que c'est que cette histoire ? Pour plaisanter il dit souvent « Qu'est-ce que c'est que cette histoire ? » et je lui ai volé ce tic de langage. L. a d'autres qualités : je ne l'ai jamais vu de mauvaise humeur. C'est quelqu'un qui ne peut pas rester sans rien faire. Même s'il s'agit de patienter deux minutes, il se plonge dans un livre plutôt que de se tourner les pouces. Il en sort plusieurs de ma bibliothèque. Un soir, le temps que je me déshabille, il se saisit de la biographie de De Gaulle qui fait référence désormais, celle de Julian Jackson, et il m'en cite un passage : s'opposant au remboursement de la pilule qui était sur le point d'être légalisée, de Gaulle dit en 1967, lors d'un Conseil des ministres : « On ne va tout de même pas leur rembourser la bagatelle. » L. et moi riions beaucoup de la rigidité gaullienne. Elle marche du tonnerre cette relation, pourquoi je m'inquiète ? Au bout de quelque temps, je découvre que L. traverse ce qu'il nomme *des plages de silence*. Elles durent parfois une semaine. L. est verrouillé. D'ailleurs, atteindre sa langue lorsque je l'embrasse relève de l'impossible. Lui caresser le visage nécessite une stratégie : il tourne la tête, il rit, dit : « Je suis timide. » Le couvrir de baisers est un délice inenvisageable, lui prendre la main dans la rue est impossible. L'embrasser en public, je ne le conseillerais pas.

De gauchiste, L. est devenu pragmatique et réformiste. Certains de ses anciens camarades de lutte le maudissent parce qu'il s'est rangé des voitures. Quand je suis avec lui, l'État est avec moi et j'aime ça. Ses chansons préférées sont *Ma môme*, de Jean Ferrat, *Jazz à gogo* de France Gall, et *Vladimir Ilitch* de Michel Sardou. L. déchiffre cette chanson pour moi : « Tu te rends compte que c'est une chanson trotskiste ? Sardou demande à Lénine de revenir en urgence parce que le monde ne tourne pas rond. » Nous écoutons d'autres tubes de Sardou. *Je suis pour*, chanson sur la peine de mort, trouble L. : « Il est fort, hein ? C'est un vrai chanteur populaire. » Grâce au choix aléatoire de Deezer, nous écoutons ensuite *Marie-Jeanne* chantée par Joe Dassin.

Nous nous taisons pour écouter les paroles, pas bien gaies, puisque Marie-Jeanne saute d'un pont dans la Garonne.

Son enfance fut « assez tragique », m'explique-t-il. L. a grandi sur une béance qui l'a poussé à gagner tôt son indépendance. J'admire cette force, et son enfance blessée me touche, mais ce n'est pas une raison pour toujours arriver chez moi les mains vides. J'ai beau l'interroger souvent, L. survole sa jeunesse sans rentrer dans les détails. Je reconstitue des drames qui l'ont frappé à travers des bribes qu'il lâche de temps en temps. Jeune, il a fait preuve d'un remarquable instinct de survie. Je l'imagine solide. Dans la plupart des cas, il l'est. J'ai envie de raconter au chef des portraits, Luc, ce qui m'arrive, cette rencontre. « Je peux ?

— Oh non, Virginie, c'est au-delà de mes compétences et de mon cahier des charges. Mais j'imagine que je n'ai pas le choix et que tu vas tout me dire. Vas-y. » Je termine de brosser le tableau et Luc a ce commentaire : « Bouh, pas simple. » J'ai besoin de parler de L. pour que mon entourage le regarde et me le montre tel qu'il est. Quelque chose cloche, et j'ai besoin de l'entendre. Si je décris L. à tout le monde, lui ne parle de moi à personne, il me le précise, un soir, en riant. C'est sympathique. Une amie est désolée pour moi : « Un sexagénaire qui a fait de la politique est un homme qui s'est cru tout-puissant et qui n'en a fait qu'à sa tête. Laisse tomber. »

L. est séparé de son épouse depuis une quinzaine d'années mais ils restent mariés : « Le lien demeure très fort, même si on se voit peu. Nous formons une cellule sans sexualité. C'est un fonctionnement assez hystérique. » Cette hystérie le rend fier, elle le pose. La même amie : « Tu as compris que toi, tu étais la cellule sexualité ? » En fait, elle dit *la cellule cul*. Je n'y avais pas pensé, mais c'est bien ça, elle a raison, eurêka. L. est immobilisé dans un passé qui lui tient lieu de présent. La révolution russe, Trotski, Alain Badiou guident son regard sur le présent. Il a pour grille de lecture l'histoire du xxe siècle. Et encore, une certaine histoire du xxe siècle. Nous parlons incidemment de la Corse, et il me dit : « Tu connais la phrase de Mussolini ? : Donnez-moi la cage sans les oiseaux. » Excellent ! L. cite à volonté le *Petit Livre rouge* de Mao. Il est un homme du monde d'avant. Lorsque nous dînons chez moi (presque tout le temps), il ne met pas la main à la pâte et me demande : « Qu'as-tu prévu pour ce soir ? » Mon amie : « Ce n'est pas un homme du monde d'avant, c'est un goujat. » Un soir, alors que je prépare la sauce de la salade, L. me montre sur son téléphone la vidéo d'un entretien accordé à un journaliste français par Régis Debray captif en Bolivie. L'interview n'en finit pas, la sauce est prête, je suis affamée, je sais comment cela se termine, Régis Debray a été libéré, le suspense est nul mais, bêtement, je ne proteste pas. Je regarde et j'écoute. Sur mon passé, L. ne pose aucune question. Pour mon fils ou mes sœurs, il ne manifeste aucun intérêt. Pas l'ombre d'une intimité entre nous, ni salive, ni mots doux, ni mots crus.

Dès le début, L. m'avertit qu'il est « lesté du poids des histoires ». Ce diagnostic n'est pas galvanisant, c'est un crève-cœur mais qu'à cela ne tienne, je resterai et j'allégerai son fardeau. Je culpabilise parce qu'il ne m'est pas venu à l'esprit de le plaindre. Je raconte tout à ma sœur aînée : « Les emmerdements, Virginie, on les voit, ils sont là, à ta porte. Sa vie est ailleurs et il te le fait comprendre, plus ou moins consciemment, je n'en sais rien, d'ailleurs on s'en fout. Tu as eu ta dose. Tu as donné. » Oui, mais lorsqu'un truc est condamné dès le départ, c'est pour moi, je prends. Ma gaieté et ma naïveté distraient L. Une autre de ses chansons préférées s'appelle *C'est déjà ça*, elle est d'Alain Souchon. Le manque d'ampleur et de générosité que suggère ce titre me navre.

L. possède deux téléphones portables qu'il manipule sans cesse, les sortant d'une poche puis d'une autre afin de vérifier sur lequel des deux appareils vient d'arriver un texto. L'un est le téléphone *du bureau*, l'autre le téléphone personnel. Avant de s'endormir, il les place l'un au-dessus de l'autre, près de lui. Même Murat, susceptible d'être appelé par l'hôpital à tout moment, s'en sort avec un seul téléphone. Les retraites nécessitent donc une disponibilité totale. Je n'ai jamais vu l'appartement de L., il ne m'y invite pas : « C'est un peu du camping, chez moi. » J'ignore même le nom de sa rue, et je trouve curieux de fréquenter intimement pendant des mois un homme dont j'ignore l'adresse. J'essaie de remplacer ce qu'il me présente en vitrine à ce que je devine de ses coulisses. Mais ai-je vraiment envie de mener cette enquête ? Je ne connais ni ses enfants ni ses amis. Cet homme est cohérent et décousu, batailleur et peureux, charmant et impoli. Nous dormons collés l'un à l'autre ; l'un dans l'autre, même. Lorsque ma jambe est engourdie, je garde la position pour ne rien laisser filer. Le matin, quand il se douche et se rase, je le regarde et je fais le plein de virilité. Il range ses vêtements de la veille, sa brosse à dents et son rasoir dans un sac sur lequel il est écrit *Labo Hippie*. L. me rappelle la femme baba cool qui épate le jeune adulte niais et enjoué que joue Christophe Bourseiller dans *Un éléphant, ça trompe énormément*. Christophe Bourseiller c'est moi, et j'ai cinquante ans. Quand il quitte mon appartement, il écarte les bras, il ne bouge pas, et avec ses mains on dirait qu'il joue des castagnettes. Un soir, L. m'envoie un SMS qui tient lieu de déclaration d'affection. Je photographie son message afin de le relire vingt fois sans qu'il voie les petits points de suspension sur son smartphone, qui me trahiraient. L. m'offre les quelques livres dont il est l'auteur et me demande ce que j'en pense : du bien, je trouve tout bien. Comme mon père, il aime les essais, pas les romans. Le texte qui lui tient le plus à cœur est *Hommage à la Catalogne*, d'Orwell, dont il me fait cadeau. Il me dit un soir : « J'ai rarement rencontré quelqu'un qui ait du monde une vision aussi littéraire et aussi peu politique et sociologique que toi. Ce n'est ni un compliment [ne rêvons pas], ni un reproche [il est trop bon], c'est ni bien ni mal. C'est un trait qui vient de ton éducation. Voyons : de quoi parlais-tu avec tes parents, enfant ? » De rien. Je lisais, et à force de ne discuter avec personne je n'ai pas su parler. Je m'exprime mal, je ne finis pas mes phrases. « Alors raconte-moi ce que ça fait d'avoir une famille. » Je sèche là encore. Impossible de lui décrire une qualité de liens, un univers, un ensemble. Je ne peux décrire que des éclats.

« Je comprends bien que je suis décevant, parce que je ne suis pas disponible psychiquement. » L. et moi sommes au bar d'un hôtel, un soir. Il me tient au courant du calendrier de ses vacances, le mois de juillet approche. Il passera l'été sans moi. Comme chaque année, il partira avec des amies ; certaines sont d'anciennes maîtresses : « C'est curieux, n'est-ce pas ? » Il sourit, content de son petit effet. Il ne part jamais avec une amante *en cours*. Je me tais, je ferai le point seule, plus tard. L. aime le Portugal et surtout l'Italie : « Ce pays était une sorte de Mecque pour l'extrême gauche. » Je l'écoute prédire la fin de notre histoire, vieille de cinq mois. Je fais bonne figure, je change de sujet, j'explique à L. ne pas savoir comment terminer mon livre. Par un long portrait de Raphaël ? « Surtout pas. Ce serait trop lourd pour lui. Non, ton livre sur les hommes n'a pas de fin. Ou plutôt, sa fin, c'est les hommes d'après. » Aller vers d'autres hommes ? Mais oui, pourquoi pas ? Pourquoi m'arrêter en si bon chemin ? Je pense à la remarque d'Einstein : « La folie, c'est de faire toujours la même chose et de s'attendre à un résultat différent. » Je viens de lire un essai de Paul-Laurent Assoun intitulé *Psychanalyse de la catastrophe*. La répétition est un ingrédient de la catastrophe. Après la Grande Guerre, Freud s'interroge sur le fait que, dans leurs cauchemars, les traumatisés de guerre se voient encore sur le front : « Pourquoi restent-ils en un sens si étrangement fidèles à leur pire, à ce déplaisir qu'ils devraient éviter ? » commente Assoun. La compulsion de répétition fut élaborée comme symptôme dès 1896. Freud décompose dans *Au-delà du principe de plaisir* la séquence catastrophique, et la voici sous la plume de Paul-Laurent Assoun : « Après l'apogée, retournement de la situation, chute et dénouement du lien, suivi de "glaciation"... et ça recommence. »

Au cœur de l'été, la mère de mes sœurs meurt, à quatre-vingt-quatre ans. Elle était belle, rieuse, et drôle. Ma sœur aînée me téléphone pour savoir si j'accepte que l'urne de leur mère rejoigne *notre caveau* car, je le découvre, un caveau nous attend mes sœurs et moi, à Saint-Jean-de-Luz. Lorsqu'il a eu son premier cancer, en 2006, mon père a signé un contrat obsèques pour lui, et acheté un caveau pour nous quatre. Il a proposé à la mère de mes sœurs de lui en acheter un aussi, mais elle a refusé sa proposition, assez vertement, d'ailleurs, selon ma sœur aînée. Je lui demande si l'urne de sa mère occupera une place entière, ce qui m'empêcherait d'intégrer le caveau le moment venu. À moins que je ne meure avant elles, qui sait ? « Non, l'urne de maman, c'est en plus ; il restera de la place pour quatre tombes. C'est chez toi. Le contrat mentionne nos quatre noms. » Sont-ils gravés sur la pierre alors que nous ne sommes pas encore mortes ? « Mais non, voyons. Ils figurent dans le contrat. Ce serait flippant, sinon. » Ce caveau se trouve dans le cimetière moderne de Saint-Jean. Mon père, lui, repose dans l'ancien cimetière, celui qui a vue sur mer. L'endroit est ravissant, mais il est plein. Jean-Michel est enterré près de son père et de sa mère. Qu'il ait prévu de réunir dans la mort ses filles nées de deux femmes différentes, c'est le pompon, l'essence de sa bonté, de sa gentillesse, de son désir de concorde entre nous. Difficile d'imaginer plus tendre attention. C'est du pur papa, ce caveau payé une fortune – mes sœurs étaient tombées sur la facture, après sa mort, sans m'en parler. Raphaël trouve que quelque chose cloche dans le tableau : « Il vous assigne un rôle, celui de filles de Jean-Michel. Il ne vous voit ni comme des amoureuses, ni comme des mères. Tu pourrais préférer être enterrée avec ton fils. » Une autre lecture est possible : mon père a acheté ce caveau pour que nous soyons protégées à tous points de vue. Rien ne m'empêche d'aller m'enterrer ailleurs. C'est open bar, d'une certaine façon. J'en discuterai avec Raphaël et je chercherai éventuellement un autre abri.

J'arrive à Saint-Jean-de-Luz quelques jours plus tard. Mon oncle Jean-François, sa fille, le compagnon de sa fille et leurs enfants sont là. Jean-François prépare de grandes quantités de carottes râpées. L'après-midi, j'irai faire connaissance avec le cimetière et le caveau. Ma sœur au prénom basque a repéré les lieux et me prévient: « Pauvre papa, il était daltonien. Il a choisi du granit rose, ce n'est pas très joli, tu verras. » Ma sœur piquante tempère cet avis: « Gris, c'eût été triste. Rose, ça me va a priori. » Le cimetière est récent et se situe dans un no man's land. On y entend un peu trop l'autoroute mais il n'est pas si mal. Mes sœurs pensent que la végétation poussera: « Ce sera mieux dans quelques années. » C'est une chance d'avoir une place qui nous attend, à l'heure où en trouver une est quasiment impossible, puisque les cimetières sont pleins à craquer. C'est réconfortant, j'ai un point de chute. Jean-François ne s'est pas occupé de l'endroit où il sera enterré: « J'ai envie de dire que ce n'est pas mon problème. Je veux être incinéré, donc je ne prendrai pas de place. » Sa remarque ne tombe pas dans l'oreille d'une sourde: ma sœur piquante propose que nous le prenions avec nous, puisque nous pouvons accueillir autant d'urnes que nous voulons. Elle insiste: « Il n'y a que comme ça que c'est gai, un caveau. »

Le lendemain, au crématorium, le maître de cérémonie nous propose « de faire, comme on dit chez nous, au Pays basque, un petit mouchou sur le cercueil avant de quitter la salle. » Quelques heures plus tard nous sommes au cimetière. L'employé de la mairie explique que notre caveau fuit. Les joints commencent à se décoller, il faudra régler ce problème sans tarder, gare aux infiltrations. Saint-Jean-de-Luz est la ville de France où le taux de pluviosité est le plus fort et comme le caveau a déjà une quinzaine d'années, le problème ne va pas s'arranger. Une première fuite a été repérée par la mairie, qui l'a colmatée. Mais elle ne s'y collera pas une deuxième fois car c'est à nous d'entretenir notre *patrimoine*, précise l'employé de mairie. Dans une scène de *Patrimoine*, le livre autobiographique de Philip Roth, Herman, le père aveugle d'un œil et très malade de l'écrivain part dans la salle de bains de son fils. Roth, qui l'attend dans le salon, finit par s'inquiéter de l'absence prolongée de son père. Il le rejoint et découvre un carnage : Herman a maculé la pièce de merde. Philip Roth le rassure, le lave, le couche tendrement dans un lit puis nettoie le lieu souillé du sol au plafond. Il utilise une brosse à dents pour ôter des résidus incrustés dans les rainures du parquet, et il réalise ceci : « Du jour où on passe outre à son dégoût, où l'on ignore son écœurement et où l'on se jette à l'eau pour échapper à des phobies aussi fortement ancrées que des tabous, la vie offre énormément à chérir [...] Donc c'était *cela*, le patrimoine. Non que nettoyer la merde fût symbolique d'autre chose, mais précisément parce que ce ne l'était pas, parce que ce n'était ni plus ni moins que la réalité vécue que c'était. Tel était mon patrimoine : non pas l'argent, non pas les téphillim, non pas le bol à raser, mais la merde. » Ce passage n'est pas à prendre en mauvaise part : Roth constate la force brute de ce que transmet un parent au seuil de la mort. C'est à la fois terre à terre et métaphysique. Le parent mort, les semaines passant, le legs se métamorphose et tend vers le figuré. Plus tôt dans le récit, le lecteur apprend que le seul témoignage tangible que possède Herman Roth de ses propres parents, et plus exactement de son père, c'est un bol à raser. Philip Roth souhaite le récupérer et il le reçoit, enveloppé par son père dans des sacs en papier que lie maladroitement un ruban adhésif. Herman Roth a écrit sur dessus : « D'un Père à son Fils. » Se sachant proche de la fin, il se déleste des objets qu'il a achetés ou de ceux que son fils lui a offerts : « Petit à petit je repris tout, frappé à chaque fois de constater l'insignifiance qu'avait à ses yeux la valeur sentimentale – et même la valeur matérielle – de choses censées témoigner de l'amour des êtres les plus chers à son cœur. C'est étrange, me disais-je alors, de trouver pareille lacune en un homme chez lequel tout ce qui concernait la famille exerçait une telle tyrannie affective, mais peut-être n'était-ce nullement étrange : comment de simples souvenirs pouvaient-ils renfermer pour lui l'écrasante force des liens du sang. » J'étais en fac de lettres lorsqu'un remarquable professeur de littérature comparée, Jean-Pierre Morel, un germaniste pince-sans-rire et précis, dit en début d'un cours : « Un confrère américain m'a appelé hier pour me parler de *Patrimoine*, le récit que Philip Roth a consacré à son père mourant. Il vient de paraître aux États-Unis, il paraît que c'est un chef-d'œuvre. Lisez-le lorsqu'il sera traduit en français. » Morel pesait ses mots et semblait d'ores et déjà, sans l'avoir lu, ému et impressionné par le texte. Nous étions en 1991, mon père vivait encore, et j'ai immédiatement senti entre ce livre et moi une connivence, une intimité. *Patrimoine* et moi, nous étions faits pour nous entendre.

À la fin de la journée de l'enterrement, je pars marcher sur la colline Sainte-Barbe. C'est de ce quartier chic de Saint-Jean-de-Luz que la vue sur la mer et sur le coucher de soleil est la plus belle. J'envoie une photo de la baie à Murat. Il ne répond pas, il répondra plus tard. Il ne me laisse pas tomber et je ne le lâche pas non plus. Le soir, je discute avec ma sœur piquante. Elle me demande quels sont mes écrivains préférés. Me vient le nom que tout le monde cite, Proust. Elle propose Molière. C'est une bonne réponse de sœur piquante, Molière, un classique transgressif, un maître de la repartie. Ma sœur est *vidée* par l'enterrement. La tête dans une main, les coudes sur la table bleue de la véranda, je lui raconte que dans mon livre, il sera question de notre père et de sa tristesse. « Tu es sûre ? C'est bizarre, je ne vois pas du tout papa comme un homme triste. »

Cet ouvrage a été composé
par Soft Office à Eybens (38)
et achevé d'imprimer en France
par l'imprimerie Firmin-Didot,
à Mesnil-sur-l'Estrée (27)
pour le compte des Éditions Stock
21, rue du Montparnasse, 75006 Paris
en décembre 2023

PAPIER CERTIFIÉ

Stock s'engage pour
l'environnement en réduisant
l'empreinte carbone de ses livres.
Celle de cet exemplaire est de :
400 g éq. CO_2
Rendez-vous sur
www.editions-stock-durable.fr

Imprimé en France

Dépôt légal : janvier 2024
N° d'édition : 01 – N° d'imprimeur : 177135
70-07-8952/0